MT

Werner Boschmann verbringt sein Leben im schönen Bottrop.
Er liebt das Ruhrgebiet so, wie es ist.
Ebenfalls von ihm: »Das Lexikon der Ruhrgebietssprache«.

Henselowsky Boschmann

Verlag Henselowsky Boschmann
Gerichtsstraße 1, 46236 Bottrop
www.vonneruhr.de
E-Mail: post@vonneruhr.de
1. Auflage 2011
ISBN 978-3-942094-20-7
Herstellung: Westermann Druck Zwickau GmbH
Illustrationen: Max Teschemacher

Emscherzauber
Märchen aus dem Ruhrgebiet

Wie die Märchen ins Schlotenland kamen

Es war einmal ein Land, das hieß Schlotenland oder Land der Schlote. Das war ein schlimmes Land. Tagtäglich schneite es dort schwarzen Schnee, giftige dunkle Wolken verdarben die Luft, Blumen und Bäume mussten langsam sterben und die Menschen hatten nicht einmal Freude am Leben.

Das Schlotenland galt auf der weiten Welt als hässlich und arm. Niemand wollte dort geboren, niemand daselbst begraben sein. Das lastete wie ein böser Fluch auf dem Lande, und es war noch keinem gelungen, diesen zu tilgen.

Eines Tages erschien inmitten des Schlotenlandes, auf dem Alten Markt in Dortmund (gar nicht weit weg von dort, wo heute das Dortmunder U märchenhafte Bilder fliegen lässt), ein seltsam gekleideter Mann. Er trug ein blütenweißes Gewand, das ihm bis weit über die Knöchel reichte, hatte auf dem Kopf einen roten Turban, und ein silberner Bart floss ihm bis auf die Brust. In seinen Händen hielt er ein großes, in schwarzglänzendes Leder gebundenes Buch.

Viele Schlote eilten ob dieser Erscheinung herbei, schlossen um sie einen festen Kreis und starrten sie mit sperrangelweit geöffneten Mündern an.

Schließlich trat ein Knabe vor den Fremden und fragte: »Wat biss du denn für einen komischen Knilch?« Ein zweiter wies auf das große Buch und rief: »Hasse den dicken Schinken etwa schon voll intus?« Und die sich überschlagende Stimme einer Jungfrau schrillte: »Kumma, is dattenn nich en Indianer?« (Womit sie womöglich »Inder« gemeint und damit vielleicht nicht ganz unrecht hatte.)

Der Weißgekleidete mit dem roten Turban ließ all diese Fragen unbeantwortet, hockte sich auf den harten Lehmboden des Dortmunder Alten Marktes nieder, schlug das große Buch auf und hob in wohlklingender Tonart an:

»Es war einmal in Dortmund ein König. Der hatte lange Zeit allein gelebt und sprach eines Tages zu sich: Ich muss mich ruckzuck und mit Karacho aufe Socken machen, um mich ne toffte Ische zum Knubbeln an Land zu ziehen …«

Während des Vortrages war kein Laut auf dem Alten Markt zu vernehmen; selbst die Dortmunder Spatzen spitzten die Ohren und hielten ihre Schnäbel.

Nachdem das Märchen geendet hatte, wurde das Schweigen von anhaltendem Beifall abgelöst. Die Schlote schauten einander in die glänzenden Augen, klopften sich auf die Schultern, lachten und herzten. Und nach einer kurzen Pause erhob sich, scheinbar wie selbstverständlich, eine ältere Schlotin, trat in die Mitte des Kreises und begann:

»Es lebte einmal vor vielen, vielen Jahren in Dortmund-Mengede eine Witwe. Die hatte zwei Töchter; davon war die eine schön und fleißig, die andere hässlich und faul. Immer befahl sie der hübschen Klugen: Mamma fix vorran und komm mit die Putzerei inne Gänge! Zu der faulen Hässlichen aber sprach sie …«

So ging es bis in den späten Abend und die ganze Nacht hindurch: Immer wenn einer geendet hatte und in den Kreis zurückgetreten war, erhob sich ein anderer und erzählte ein neues Märchen.

In ihrer Freude hatten die Schlote allerdings nicht bemerkt, dass der seltsame Fremde mit dem großen Buch wie von Zauberhand verschwunden war, nachdem er sein Märchen beendet hatte. –

Am folgenden Abend fand sich noch mehr Volkes auf dem Alten Markt in Dortmund ein. Schon bald trafen sich auch Menschen in den Vororten Kley und Kirchlinde. Und nur wenige Wochen später wurden von Duisburg bis Unna, von Hamm bis Dinslaken, ja auch in Gelsenkirchen, Oberhausen, Bottrop und Essen an jedem Abend auf jedem Marktplatz Märchen erzählt.

Immer wieder trat einer in die Mitte und erzählte … von dem Riesen, der das Eisen schmelzen lassen kann; vom traurigen Schicksal des sprechenden Hechtes, der in der Emscher nach Verwandten sucht; von dem Mädchen mit der roten Kappe, die viel lieber eine königsblaue gehabt hätte; oder von dem Bochumer Schuster, der in Bottrop als Doktor zu großem Reichtum gelangt. Den Schloten wurden dabei Augen und Ohren geöffnet, und sie erkannten endlich, dass auch bei ihnen jede Stadt, jedes Dorf, jeder Flecken, ja, jedes Kaff seine eigenen Rätsel und Geheimnisse, seine Geschichte und Geschichten barg und dass es eigentlich nirgendwo anders schönere Märchen gab als bei ihnen.

Und so wurde es lebendig im Schlotenland. Frohes Kinderjauchzen zerteilte die giftigen Wolken, der Wind jagte den schwarzen Schnee davon, die Blumen und Bäume bekamen wieder neuen Lebensmut und die Menschen gingen mit sinnigen Augen ihrer Wege.

Der seltsame Mann und sein Buch, die blieben beide bis heute verschwunden. Doch viele der Märchen, die damals auf den Marktplätzen des Schlotenlandes erzählt wurden, hat der Volksmund erhalten. Eltern erzählten sie ihren Kindern, die ihren Kindern und die wiederum ihren Kindern.

Schließlich vernahm die ganze Welt, dass im Schlotenland (welches sich später den märchenhaften Namen »Ruhrgebiet« zugelegt hat) große Rätsel und Geheimnisse verborgen ruhen, dass es dort eine schier unendliche Fülle von Geschichten für Jung und Alt gibt. Da lernten Menschen von nah und fern dieses Land lieben, der böse Fluch ward gebrochen, und die Sonne lachte …

… und damit das immer so bleibt, wird durch die hier vorliegende Sammlung die mündliche Tradition in eine gesicherte schriftliche übertragen. Denn Märchen aus dem Ruhrgebiet (vormals »Schlotenland«) sind es wert, für alle Zeiten schwarz auf weiß festgehalten zu werden.

Das Märchen vom Hattinger Schweineparadies oder: Das erste Steinkohlenbergwerk anner Ruhr

In einer Zeit, an die sich selbst die Urgroßeltern unserer Urgroßeltern kaum noch erinnern konnten, lebte einmal ein Bauer, der nicht weit von Hattingen eine Schweinezucht betrieb. Er hatte zwei Söhne, und weil er all sein Wohlergehen den üppigen Hattinger Wiesen und Wäldern verdankte, hatte er seinen älteren Sohn Alwies und den jüngeren Ewald genannt.

Alwies war ganz so geworden, wie sich das sein Vater gewünscht hatte. Schon als kleiner Junge gab es für ihn nichts Schöneres, als in der Blutkammer beim Schlachten zuzuschauen. Und wie er heranwuchs, übertraf ihn niemand, wenn es darum ging, die Blutsuppe so zu rühren, dass eine schmackhafte Wurst daraus entstand.

Ewald dagegen war der Freund aller Tiere des Hofes. Er erkannte jedes Schwein an seiner Fleckung, seinem Gang, seinem Grunzen, und jedem hatte er einen Namen gegeben: Kalla, Waller, Klausi oder Nobbi für die Eber; Else, Käthe, Lilli oder Änneken für die Säue. Am liebsten suhlte er den ganzen Tag über mit ihnen in den vielen Tümpeln herum, die es damals auf den Hattinger Wiesen und Weiden noch gab, oder er lief voran, wenn die Herde tief in den Hattinger Wäldern auf Trüffelsuche ging. Doch Ewald war sehr traurig, wenn wieder einmal des Morgens einer seiner tierischen Kameraden in die Blutkammer geführt wurde. Und wenn er dann abends mit den Übriggebliebenen zurückkehrte, schrieb er heimlich den Namen des Getöteten auf eine kleine Holztafel, die er entlang des Weges an einem versteckten Baum befestigt hatte. Und Ewald weigerte sich, sehr zum Unmut seines Vaters, Schweinefleisch zu essen. Sein Bruder schalt ihn deshalb »Kappeskopp«. Doch Ewald ließ sich davon nicht abbringen, verschmähte tierisches Fleisch und wurde zum Pflanzenesser, was damals ungewöhnlicher war, als es heute noch ist.

An einem schönen Sommertag saß Ewald mit gesenktem Kopf auf einem Steine nahe einem saftigen Hattinger Wiesengrund. Eber und Säue suhlten grunzend mit ihren Milchferkeln in einem Tümpel, etwas abseits vergnügten sich Barchen und Nonnen auf einer nassen Wiese. Doch Ewald hatte keine Lust, sich an dem munteren Treiben zu beteiligen. Am Morgen hatten Vater und Bruder seine Babsi, eine dreijährige Sau, mit der er von ferkelbeinen an jeden Tag hinausgezogen war, in die Blutkammer geführt. Babsi hatte eine lustige schwarzweiße Fleckung besessen und ihn an das Mädchen mit den vielen Sommersprossen erinnert, das auf dem Nachbarhof lebte und ihm immer lächelnd zuwinkte, wenn er mit seiner Herde vorbeizog.

»Bestusste Schweinebande!«, murmelte Ewald vor sich hin, korrigierte sich dann aber schnell: »Bestusste Menschenbande!« Und er schloss seine Augen, die sich mit Tränen gefüllt hatten.

»Wie kann ich diese Kotzbrocken bloß dazu bringen, dat die nimmehr Panhas und son Zeuchs aus meine Kumpels machen?«, fragte Ewald still in sich hinein.

»Mutt, mutt, mutt!«, hörte er es da plötzlich.

Vor ihm stand ein großes schneeweißes Edelschwein, das zu ihm aufschaute. Zuerst wusste Ewald nicht genau, wen er da vor sich hatte, doch dann blickte er in tiefblaue Augen und sah einen Rüssel, der ihn anzulächeln schien.

»Ach, du bisset, Mutt.«

»Mutt, mutt, mutt!«

Sein Vater hatte die Sau vor einigen Monaten auf dem Schweinemarkt günstig erstanden und plante, sie in der Zucht einzusetzen. Ewald hatte lange überlegt, welchen Namen er ihr geben sollte. Zunächst wollte er sie wegen ihrer tiefblauen Augen »Haumichblau« nennen, doch das schien ihm dann zu grob und unfein. Dann hatte er das geheimnisvolle Lächeln entdeckt und dieses noch geheimnisvollere »Mutt, mutt, mutt«. Denn wenn sich Ewald des Abends erhob und Vorbereitungen traf, zum Hof zurückzukehren, so vernahm er es immer sofort: »Mutt, mutt, mutt.« Das war wie ein Befehl. Wenn er sich auf den Heimweg machte, wusste er, ohne sich umblicken zu müssen, dass alle Schweine ihm folgten.

»Na, Mutt! Verdammte Kacke, dat mit die Babsi!«

»Mutt, mutt, mutt!«

Die Sau stieß ihn sacht mit dem Rüssel.

Der Junge kraulte Mutt hinter den Ohren und sagte zu sich: »Wat sind dat nur für Panneköppe!«

»Punnumunn un Punnufruu,
Dummur wuu duu dummstu Suu!«

Ewald ließ Mutts Kopf los und blickte in ein grinsendes Schweinegesicht mit unendlich großen tiefblauen Augen. »Wat? Wat hasse? Hasse wat gesacht? Wat hasse gesacht?«

»Hustu um Guhurn nur Schuuß,
Frusstu stundug Schwuunufluusch!«

Ewald schüttelte den Kopf, wischte sich die Augen, schloss und öffnete sie wieder. »Du hass wat gesacht!«

Mutt grinste breit und antwortete:

»Spruchun kunn uch su wuu du,
Hub nur uburull un U.«

Eine halbe Stunde später hatte Ewald begriffen, wie das mit Mutts Sprache funktionierte. Sie konnte keine Es, Is, Os und As aussprechen, setzte dafür überall Us ein. Und eine weitere halbe Stunde später hatte er kaum noch Mühe, Mutts lustige Sprüche zu verstehen.

»Mut Kutulutts und Schwuunubuun
Huußu dur nux Fuunus ruun.«

hieß ganz einfach:

Mit Kottelets und Schweinebein
Hauße dir nix Feines rein.

Und:

»Hussu Kuppus unnu Tuschun,
Hussu ummur wut zu nuschun.«

konnte er leicht übersetzen als:

Hasse Kappes inne Taschen,
Hasse immer wat zu naschen.

Inzwischen hatte es zu dunkeln begonnen, und Ewald meinte, dass es mit seinen neuen Sprachkenntnissen nun wohl ganz leicht sei, seine Herde auf den Rückweg zu bringen. Also rief er:

»Furkul, Suu und Uber butt uch,
Kumm, wur muchun guz un Suttuch.«

Was soviel heißen sollte wie:

Ferkel, Sau und Eber bitt ich,
Komm, wir machen gez en Sittich.

Doch kein Schwein rührte sich. Erst als seine Sprachlehrerin den Spruch wiederholte, hob die Herde geschlossen den Kopf und begann, gehorsam in Richtung Hof zu marschieren. –

Es folgten schöne Wochen für den Bauernjungen. Seine Gespräche mit Mutt dauerten oft den ganzen Tag über. Er erfuhr viel über die Schweinephilosophie, dass Schweine sehr friedliebende Tiere sind, die jeden Streit untereinander brüderlich und schwesterlich austragen, dass sie sehr an ihren Kindern hängen und wie weh es ihnen tut, wenn ihnen eines ihrer Ferkel genommen wird. Er lernte, dass besonders Säue sehr kurzsichtig sind und dass es, wie bei den Menschen, auch unter den Schweinen Dumme und Kluge gab. Wenn er aber fragte, warum nur Mutt mit ihm sprechen konnte, dann wurde sie sprachlos und trottete zu den anderen, um sich in einem Tümpel zu suhlen.

Spott und Hohn, die Vater und Bruder über ihn ausgossen, konnte der Junge nun viel besser ertragen, denn er wusste, dass Mutt ihn am nächsten Tag trösten würde. Und er hoffte, dass es für immer so bliebe, wie es nun war. –

Als Ewald eines Abends in die Stube trat, saßen dort Vater und Bruder am gedeckten Tisch. Wortlos schob der Vater ihm einen Teller Suppe und einen Kanten Brot hin.

Ewald löffelte die kalte Suppe und sinnierte über die Schweinegesellschaft. Mutt hatte ihm heute berichtet, dass es einen Schweinekönig und eine Schweinekönigin gebe, die ihr Volk sehr gerecht und gütig regierten; er dachte bei sich: Wär dat bei uns doch nur so wie bei die Schweine!

Da rief sein Vater plötzlich: »Diese scheiß Zuchtsau.«

»Hasse vollkommen recht. Nich ein Milchferkel. Dat dumme Schwein!«, nickte Alwies und grinste. »Wenn wir die gez innen Pott haun, kriegen wir für die ihr Fleisch noch so richtig Tackens.«

Der Vater klatschte in die Hände. »Morgen kricht se ein vor den Tabernakel.«

In Ewalds Hals hatte sich ein dicker Kloß gebildet. Denn es war Mutt, über die sein Vater und sein Bruder gesprochen hatten. Von allen Zuchtsauen hatte nur Mutt noch keine Ferkel bekommen.

»Kannz ja dat Schwein die Hufe halten, wenn ich dat alle mach«, stieß sein Bruder ihn an.

Ewald merkte, wie der Kloß in seinem Hals sich löste und ihm die kalte Suppe hochkam. Er stürzte aus der Stube und übergab sich draußen auf dem Misthaufen bei den Schweineställen. –

Als Ewald später in seinem Bett lag, hörte er aus der Küche seinen Bruder grölen: »Den Kappeskopp is wohl in dat Schwein verschossen. Dat stech ich morgen ganz langsam ab und leg ihn den Schweinskopp inne Poofe.« –

Auch weit nach Mitternacht hatte Ewald immer noch keinen Schlaf gefunden. Unruhig wälzte er sich hin und her. Ein Gedanke ließ ihn nicht mehr los: Wat kann ich nur machen tun?

»Ich muss mit sie sprechen!«, flüsterte er schließlich in die Dunkelheit hinein, zog sich schnell an und schlich hinaus.

Als die Tür zum Schweinestall in ihren Angeln quietschte, stockte ihm der Atem. Doch im Haus war kein Geräusch zu hören, kein Licht ging hinter den Fenstern an.

Er tastete sich vorsichtig durch den stockdunklen Stall. Wie konnte er Mutt unter den vielen Schweinen nur finden?

»Mutt, mutt, mutt!«

Da war sie! Nicht weit von ihm. Vorsichtig kletterte er über schlafende Leiber hinweg.

»Mutt, mutt, mutt!«

Jetzt musste er vor ihr stehen. Er ertastete ihren Rüssel.

»Mutt, die wollen dich morgen früh alle machen, weil du keine Ferkel kriss«, stammelte er leise.

»Wurft nu Suu nuch wuu Muschunu,
Krucht su uunen vur du Burne.«

Ewald war so aufgeregt, dass er einige Sekunden lang überlegen musste, bis er die Übersetzung heraushatte:

Wirft ne Sau nich wie Maschine,
Kricht se einen vor de Birne.

Nun wusste er, dass seine Nachricht auch Mutt nervös gemacht haben musste, denn zum ersten Male war ihr der Reim etwas verrutscht und nicht ganz rein.

Plötzlich spürte Ewald hinter sich etwas, das sich in seine Kniekehlen schob. Die anderen Schweine mussten wach geworden sein! Es drängte und drückte ihn. Er strauchelte, knickte ein, kippte um und lag im Nu mitten in einem zappelnden Bündel von Schweineleibern.

Nur mit Mühe konnte er sich etwas Platz verschaffen und sich hochrappeln. »Mutt, nix wie raus hier im Schweinsgalopp!«, rief er.

Er packte Mutt bei den Ohren und zog sie zum Eingang. Immer wieder trat er auf Körper, die quiekend hochfuhren, und als sie die Stalltür erreichten, schrie hinter ihnen die gesamte Schweinebande in angsterfüllten Hochtönen.

Im Hause waren Lichter angegangen. Ewald hörte Stimmen.

»Renn, watte kannz!«, schrie er Mutt an. –

Nach einer halben Stunde wagten die beiden es, ein wenig zu verschnaufen. Ewald wischte sich den Schweiß aus dem Gesicht. Er streichelte Mutt und erschrak, als er ihr Herz wie einen Dampfhammer schlagen fühlte.

Das war verdorri knapp gewesen. Vater und Bruder waren aus dem Haus gestürzt, hatten ihn, Mutt an den Ohren hinter sich herschleifend, erblickt. Der Vater hatte eine lange Mistgabel in der Hand gehabt, hatte wohl gemeint, dass Schweinediebe in seinem Stall wären.

Dann waren sie nur noch gerannt. Manchmal schien es ihm, dass hechelnder Atem und die Spitzen einer Mistgabel nur Zentimeter hinter ihnen wären. Irgendwann hinter irgendeiner Biegung hatte er schließlich gewagt, sich umzuschauen: Nichts!

»Wat nu?«

Es dauerte einige Minuten, bis Mutts Atem sich so weit beruhigt hatte, dass sie ihm antworten konnte:

»Huur us schubbug, huur is muus,
Huur hulft nur Schwuunupuruduus!«

Ewald schaute Mutt verständnislos an.

Hier is schäbbig, hier is mies,
Hier hilft nur Schweineparadies!

Was sie damit nur meinte?

Da brach es plötzlich aus dem Schwein heraus: Mutt erzählte ihm, dass irgendwo bei Hattingen, gar nicht weit weg, der Eingang zum Schweineparadies sei. Sie selbst sei dort als Ferkel aufgewachsen, sei aber bei einem Ausflug mit der Schweinegrundschule von der Gruppe und vom Weg abgekommen und habe nicht mehr zurückgefunden. Und so sei sie schließlich auf dem Schweinemarkt und später auf dem Hof von Ewalds Vater gelandet.

Der Junge sah die Tränen, die ihr über die Schweinewangen liefen, als sie endete:

»Kuun Schwuunufrussur wussun durf,
Wu Puruduus suun Schuttun sund.
Duch du buss tufftu, du buss bruv,
Kunn truun duch wuu Schwuunukund.«

Ewald wusste sofort, dass Mutt ihm mit diesem Spruch etwas sehr Wichtiges sagen wollte, denn zum ersten Male hatte sie nicht den biederen Paarreim, sondern den königlichen Kreuzreim benutzt.

Kein Schweinefresser wissen darf,
Wo Paradies sein Schotten sind.
Doch du biss toffte, du biss brav,
Kann trauen dich wie Schweinekind.

Dem Jungen schossen jetzt ebenfalls die Tränen in die Augen. Er drückte Mutts Kopf zärtlich an den seinen, küsste sie auf ihren Rüssel und sprach leise:

»Ich bring dich zu dat Schweineparadies. Dat versprech ich dich inne Hufe. Aber wo isset?«

Ewald sah, wie das Schwein seine Stirn kraus zog.

»Wu Uuchun stuhun um Quudrut,
Dut Puruduus suun Schuttun hut.«

»Den Wald mit die vier Eichen, die so viereckig davorstehen, den kenn ich. Meinze wirklich, dat bei dat inne Nähe dat Paradies seine Schotten hat?«

Mutt nickte heftig, und ein Lächeln ließ den Tränenfluss aus ihren tiefblauen Schweineaugen versiegen. –

Eine gute halbe Stunde später erreichten sie die vier Eichen, die ein vollkommenes Quadrat bildeten. Mutt dirigierte den Jungen in den Wald hinein und zu einer großen Lichtung, auf der sich viele Wege kreuzten. Zielsicher wählte sie einen bestimmten aus.

»Mutt, mutt, mutt!«

Das klang fröhlich und zuversichtlich.

Immer tiefer drangen die beiden in den Wald ein, und Mutt lief immer schneller, so dass Ewald Mühe hatte, ihr zu folgen. Das Blätterdach über ihnen wurde dichter und dichter, der Junge sah kaum noch den Weg vor sich.

Plötzlich standen sie vor einer undurchdringlichen Mauer aus Dorngestrüpp.

Neben sich hörte Ewald Mutts Stimme:

»Schwuunukunug Muckmuckmuck,
Schuttun uuf, und zwur ruckzuckzuck!«

Und es ging wirklich ruckzuck. Die Mauer aus Dorngestrüpp fuhr auseinander, eine Tür öffnete sich, und aus einem Gang trat ein riesengroßer weißer Edeleber heraus. Er trug eine kleine güldene Krone auf dem Kopf. Ein stattlicheres Schwein hatte Ewald nie gesehen.

»Tochtor! Tochtor!«

rief er, und Mutt antwortete:

»Vuttur! Vuttur!«

Rüssel trafen sich liebkosend, Schweinebauch rieb sich an Schweinebauch.

Dann bemerkte der Eber den Jungen. Seine Augen verengten sich zu Schlitzen. Er fauchte wie ein Tiger.

Mutt stellte sich schützend vor Ewald, sprach dann leise mit ihrem Vater, und beide verschwanden schließlich im Gang, der sich sofort hinter ihnen schloss. –

Lange stand Ewald wie erstarrt vor der undurchdringlichen Dornenmauer. Mutt war also eine Prinzessin, war die Tochter des regierenden Schweinekönigs. Er hatte geahnt, dass sie etwas Besonderes war. Ihre Sprache, ihr Wissen. Mutt war irgendwie … schweinisch gut gebildet. Das hatte er längst bemerkt. Aber das hier hatte er wirklich nicht erwartet.

Plötzlich hörte er ein leises Geräusch. Die Tür hatte sich wieder geöffnet, und vor ihm standen Seit an Seit der Schweinekönig und Mutt. Auch sie hatte jetzt eine kleine güldene Krone auf dem Kopf.

Der Schweinekönig blickte erst Mutt und dann Ewald an. Sein grimmiger Blick war längst einem Lächeln gewichen, als er in ehrwürdigem Ton anhob:

»Rottongstot wor großo Klosso,
Dofor woll och ooch wot lotzon.
Wo do hooto O'mt toss rotzon,
Schworzot Gold on Mosso.«

Mutt übersetze die Worte ihres Vaters:

»Ruttungstut wur grußu Klussu.
Dufur wull uch uuch wut lutzun.
Wu du huutu U'mt tuss rutzun,
Schwurzut Guld un Mussu.«

Mutt sagte Ewald dann, dass er nun gehen müsse. Aber immer, wenn sich dieser Tag jähre, könne er wiederkommen und sie hier am Eingang zum Schweineparadies treffen.

Traurig schlich der Junge den Weg zurück, bis er wieder die vier Eichen erreichte, die ein vollkommenes Quadrat bildeten. Es hatte zu dunkeln begonnen, und so beschloss er, unter den Eichen sein Nachtlager aufzuschlagen. Da es kühl wurde, sammelte er Holz und entfachte, genau im Mittelpunkt des Quadrates, das die vier Bäume bildeten, ein Feuer, das ihn wärmen sollte.

Lange dachte Ewald darüber nach, was der Schweinekönig zu ihm gesagt hatte:

»Rettungstat war große Klasse.
Dafür will ich auch wat latzen.
Wo du heute A'mt tuss ratzen,
Schwarzet Gold in Masse.«

Was er damit wohl gemeint hatte? Über diesem Gedanken fiel er in einen tiefen Schlaf. –

Die Sonne stand schon hoch am Himmel, als der Junge wieder erwachte. Das Feuer brannte immer noch. Es strahlte eine so starke Hitze aus, dass er sich der roten Glut kaum nähern konnte.

Es waren die schwarzen Steine! Er kannte sie wohl. Sie lagen zwischen den anderen Steinen und waren in Gras und Heide keine Seltenheit. Er warf immer mehr von ihnen in die Glut.

Nun wusste er, was der Schweinekönig gemeint hatte, als er vom Schwarzen Gold sprach.

MT

In kurzer Zeit schaffte es Ewald, an der Stelle, wo er die ersten Steinkohlen gefunden hatte, denn nichts anderes waren die schwarzen Steine gewesen, eine kleine Tagebau-Zeche zu errichten. Zu Ehren seiner schweinischen Freundin nannte er sie: »Op de Mutte«. Und das Mädchen vom Nachbarhof, die mit den lustigen Sommersprossen, wurde seine Frau.

Mit der Zeit arbeiteten immer mehr fleißige Menschen für ihn, denen er einen Gutteil dessen abgab, was er selbst mit dem Kohlenverkauf verdiente. Alle, die bei ihm eine Anstellung suchten, mussten aber eine Bedingung erfüllen: Sie mussten Schweinefleisch verachten.

Schließlich ging Ewald daran, auf allen Märkten der Umgebung Schweine aufzukaufen und sie bei seinem alljährlichen Besuch ins Schweineparadies zu bringen. Der Schweinepreis zog aber deshalb so an, dass es sich bald rund um Hattingen niemand mehr leisten konnte, das Fleisch dieser Tiere zu essen und viele Menschen zu Vegetariern wurden. Die ansässigen Schweinebauern, auch sein Vater und sein Bruder, zogen daraufhin weit weg in eine andere Gegend.

So lebte Ewald lange und glücklich. Und wenn wieder einmal ein Neugieriger zu ihm kam und fragte, wie er denn die Steinkohle gefunden habe, die im Volksmund bald nur noch »Dat Schwarze Gold« hieß, dann lächelte er nur still und dachte an Mutt. Die Menschen im Ruhrgebiet aber dankten ihm seine Tat, indem sie später ein großes Bergwerk nach ihm benannten: Die Zeche Ewald.

Und wenn heute in der Umgebung von Hattingen eine Sau oder ein Eber plötzlich spurlos verschwindet, dann geht niemand zur Polizei und zeigt das an; denn alle hoffen, dass irgendein guter Mensch dieses Tier vielleicht ins Schweineparadies geführt hat; denn es ist ja möglich, dass dieser Glückliche mit einer Belohnung zurückkehrt, wie damals Ewald; mit einer neuen Erfindung vielleicht, die vielen Menschen in der Gegend, wie damals, zu Arbeit und Brot verhilft.

Der Froschkönig von Oberhausen

Et is schon mannig lange her,
Wie lange schon, weiß keiner mehr,
Da lief in Oberhausen-Mitte
Son Ding, für dat Gehör ich bitte.

In dat Kaff um diese Zeit
Machte sich son König breit.
Hauste inne satte Hütte,
Hat en Blag mit Namens Gitte.

Gitteken war schwer auf Zack,
Ne Meckerfott, die konnt nich ab,
Wenn se wollte und nich krichte.
Gez fängt an unser Geschichte:

In den Garten von dat Schloss,
Wo dammals schon die Emscher floss,
Gerammelt voll mit Kack und Schitte,
Mitte Pille pöhlt die Gitte.

Da! Bälleken hüppt über Hecke,
Hoppelt inne Köttelbecke.
Gitteken kann dat nich schnallen.
»Wo mein Balla?«, tut se lallen.

Und wie se dann so jankt und plärrt,
Von irnxwo se Gequake hört.
Und sieht an Köttelbecke Rand en
Wasserfrosch, en eleganten.

»Ey, du süßet Schnuckelding,
Wat is, wenn ich wiederbring
Dich die Pille ausse Becke?«
Quakt der Frosch und frisst ne Zecke.

»Dann«, so gibbelt unser Gitte,
»Kannze mit auf meine Hütte.«
Nur ers musse ruckzuck eben
Bälleken aus Becke heben.«

Fröschken gluckst ab inne Brühe
Mit son Köpper ohne Mühe,
Und wie der widder aufgetaucht,
Hatter dat, wat Gitte braucht.

»Kriss Bälleken und ich krich Danke,
Versprechen musse mich auf Pranke:
Ich spachteln kann bei dich an Hofe,
Und ich penn in deine Poofe.«

»Is dat allet? Sowat wenig!«
Beömmelt sich dat Kind von König,
Krallt sich abgezockt mit Tücke
Dat Bälleken und macht ne Mücke. –

Nächsten Tach, in Königs Hause,
Machen se ne Riesen-Sause.
Alles futtert Sahnetorte,
Da bollert einer anne Pforte.

»Ey Schnuckelding, wat is denn bloß?
Lass knacken, mach die Schotten los!
Ich bin den Typ, der aus die Kacke
Dat Bälleken gefriemelt hatte.«

Für Gitteken is dat en Schocker,
Der tut hauen sie vom Hocker.
Se kricht en Hals und kröppt sich auf:
»Auf diesen Typ, da scheiß ich drauf.«

»Ey, Schnuckelding, wat is denn bloß?
Lass knacken, mach die Schotten los!
Versprochen hasse mich auf Pranke,
Dat für dat ich krich en Danke.«

»Wenn versprochen, keine Flausen«,
Sacht da König Oberhausen.
»Nu öffne ma ganz fix de Pforte,
Und gib den Frosch wat Sahnetorte.«

Den Frosch hüppt in dat Schloss hinein,
Mampft Stück Kuchen, grinst sich ein.
Dat Gitteken, dat fühlt sich schlapp
Und dampft auf ihre Bude ab.

Is in ihre Poofe kaum,
Freut sich auf ihrn Lieblingstraum
Mit sie, son Prinz und Kullerball,
Da gibbet anne Tür en Knall.

»Ey, Schnuckelding, wat is denn bloß?
Lass knacken, mach die Schotten los!
Hass versprochen mich aufe Kralle,
Dat ich kann in deine Falle.«

Schotten auf, se sieht den Nassen,
Kricht en Koller, kannz nich fassen.
Doch mit Köpper, wie son Dopp,
Kusselt Frosch auf Kissen, hopp!

»Ich gez vorre Wand dich klatsche,
Biss dann alle, biss voll Matsche,
Kannze gehen als Gehacktet.«
Gitte krallt et, Gitte packt et.

Mit Affenzahn und Mordskaracho,
Hundertachtzig aufen Tacho,
Knallt dat Tier wie ne Rakete
Voll auf die Strukturtapete.

Doch kumma da, doch kumma an,
Steht da fix son Strahlemann
In son edel Kaftan-Zwirne
Und en Krönken aufe Birne.

»Ich sein Prinz, ich bin den Kalla,
Lass uns fummeln, gib mich Balla!«
Gitteken kann glauben kaum,
Is den Typ aus ihren Traum.

Den Kalla dann die Pille schoss
In den Garten von dat Schloss,
Und volle Lotte inne Mitte
Brettert in dat Herz von Gitte.

Wie Heirat war an diesen Orte,
Gabet mächtich Sahnetorte,
Und Kappes, Pannas, Wein, ganz roten,
Nur Froschschenkel, die warn verboten.

Und wenn se nich gestorben sind,
Den Ex-Frosch und dat Königskind,
So tun zwobeide gez noch hausen
In dat Schloss von Oberhausen!

M.T.

Schmierläppken oder: Edelmauken auf der Hohensyburg

Allgemein bekannt und auch wissenschaftlich belegt ist, dass Wilhelm und Jacob Grimm, besser bekannt als die Brüder Grimm, zu Anfang des 19. Jahrhunderts durchs Land reisten, um die volksliterarische Gattung der Märchen aus der mündlichen in die gesicherte schriftliche Tradition zu übertragen. Weniger bekannt und auch nicht wissenschaftlich belegt ist, dass die Brüder damals einen Großteil ihrer Reisen im Gebiet zwischen Rhein, Ruhr, Emscher und Lippe unternahmen, wobei ihnen unter anderem die Stadt Dortmund besonders märchenträchtig erschien. Und so soll hier in diesem Buch der Versuch unternommen werden, aus bekannten Grimm-Märchen, zum Beispiel dem »Aschenputtel«, die Ur-Versionen zu rekonstruieren, wie sie vielleicht an den Feuern unserer Vorfahren erzählt wurden, wenn die ihr karges Mahl genossen hatten und durch phantasievolle Geschichten der tristen Wirklichkeit, die sie umgab, zu entfliehen suchten.

In Dortmund-Dorstfeld ward einem reichen Manne seine Frau krank, und als sie fühlte, dass ihr Ende herankam, rief sie ihr einziges Töchterlein zu sich ans Bett und sprach: »Mein üsselich Tuttiken! Wenn ich mich die Radieskes von unten ankuck, dann machs kein Rambazamba inne Bude und gehs nich auf Trallafitti, sonz krisse Haue von die Engelkes da oben.« Daraufhin tat sie die Augen zu und verschied. –

Das Mädchen ging jeden Tag hinaus zu dem Grabe der Mutter und weinte und blieb fromm und gut. Als der Winter kam, deckte der Schnee ein weißes Tüchlein auf das Grab, und als die Sonne im Frühjahr es wieder herabgezogen hatte, nahm sich der Vater eine andere Frau.

Diese Frau brachte zwei Töchter mit ins Haus, die schön und weiß von Angesicht waren, aber garstig und schwarz von Herzen. Da ging eine schlimme Zeit für das arme Stiefkind an. »Wat! Die bekloppte Tucke soll auf unser Plüschsofa hocken!«, sprachen sie. Sie nahmen ihm seine schönen Kleider weg, zogen ihm einen grauen alten Kittel an und gaben ihm hölzerne Schuhe. »Kumma, dat Trudchen sieht mit die ollen Plörren und die Holzkleppers aus wie Schrullkamps Emma!«, lachten sie es aus und führten es in die Küche. »Hier kannze krücken, bis dat die Schwarte kracht!« Da musste es schwere Arbeit tun, früh vor Tag aufstehen, Wasser tragen, Feuer anmachen, kochen und waschen. Obendrein taten ihm die Schwestern alles ersinnliche Herzeleid an, verspotteten es und schütteten ihm Erbsen und Linsen in die Asche, so dass es sitzen und sie wieder auslesen musste. Abends, wenn es müde war, kam es in kein Bett, sondern musste sich neben den Herd in die Asche legen. Und weil es darum immer staubig und schmutzig aussah, nannten sie es: Schmierläppken.

Es trug sich zu, dass der Vater einmal in die Messe ziehen wollte; da fragte er seine beiden Stieftöchter, was er ihnen mitbringen sollte.

»Ne Montur für um zum Sause machen«, sagte die eine.

»Satte Klunkers für bis zum Abwinken«, die zweite.

»Ey, Schmierläppken, willze auch wat?«, fragte der Vater.

»Bring mich den ersten Knüppel mit, der dich vor den Tabernakel ballert«, antwortete das Mädchen.

Der Vater kaufte nun für die beiden Stieftöchter schöne Kleider, Perlen und Edelsteine, und auf dem Rückweg, als er durch einen grünen Busch ritt, streifte ihn ein Haselzweig und stieß ihm den Hut vom Kopf. Da brach er den Zweig ab und nahm ihn mit. Als er nach Haus kam, gab er den Stieftöchtern, was sie sich gewünscht hatten, und dem Schmierläppken gab er den Zweig von dem Haselbusch.

Schmierläppken dankte ihm, ging zu seiner Mutter Grab und pflanzte den Zweig darauf und weinte so sehr, dass die Tränen niederfielen und ihn begossen. Er wuchs aber und ward ein schöner Baum. Schmierläppken ging alle Tage dreimal darunter, weinte und betete, und allemal kam ein dicker Blauscheck auf den Baum und warf ihm herab, was es sich nur wünschte. –

Es begab sich aber, dass der König auf der Hohensyburg ein Fest anstellte, das drei Tage dauern sollte und wozu alle schönen Jungfrauen aus Dortmund eingeladen wurden, damit sich sein Sohn eine Braut aussuchen möchte.

Die zwei Stiefschwestern, als sie hörten, dass auch sie dabei erscheinen sollten, waren guter Dinge, und sie riefen Schmierläppken und sprachen: »Mamma vorran! Röllekes innen Haare gedreht und Treter blitzeblank gewienert. Wir gehn auf Jück in Schloss.«

Schmierläppken gehorchte, weinte aber, weil es auch gern zum Tanz mitgegangen wäre, und bat die Stiefmutter, sie möchte es ihm erlauben. »Du asseliges Dusseldier«, sprach sie, »du willz auf Jück in Schloss? Du mit deine Pisselumpen am Gereck und deine Bollertreter anne Quanten willz da ein abhüppen!« Als es aber mit Bitten anhielt, sprach sie endlich: »Ich baller dich gez son Pott Linsen inne Asche. Wenne dat ganze Zeuchs ruckzuck in so knappe zwei Stunden rausfriemelns, kannze mit auf Jück in Schloss.«

Das Mädchen ging durch die Hintertüre nach dem Garten und rief:

»Ey, du blauen Scheck, du dicken,
Kannze helfen Linsen picken?
Die guten innen Pott,
Die schlechten aufen Schrott.
Damit dat fluppt in Affenzahn
Schleppste noch en Kumpel an.«

Da kamen zum Küchenfenster der dicke Blauscheck und sein dünner Zwillingsbruder herein und ließen sich um die Asche nieder. Und die Täubchen nickten mit dem Köpfchen und fingen an, pick, pick, pick, pick und lasen alle guten Körnlein in die Schüssel. Und kaum war eine Stunde herum, so waren sie fertig und flogen beide wieder hinaus.

Da brachte das Mädchen die Schüssel der Stiefmutter, freute sich und glaubte, es dürfte nun mit auf die Hochzeit gehen. Aber sie sprach: »Du mit deine Pisselumpen am Gereck und deine Bollertreter anne Quanten willz da en Klammerblues aufe Platte legen! Die in dat Schloss werden sich en Ast lachen.« Als es nun weinte, sprach sie: »Wenne mir zwei Pötte Linsen inne knappe Stunde ausse Asche rauspussels, kannze mit auf Jück in Schloss«, und dachte: Dat kricht die Tranfunzel doch nie gebacken.

Als die Stiefmutter die Linsen in die Asche geschüttet hatte, ging das Mädchen durch die Hintertüre nach dem Garten und rief:

»Ey, du blauen Scheck, du dicken,
Kannze helfen Linsen picken?
Die guten innen Pott,
Die schlechten aufen Schrott.
Damit dat fluppt in Affenzahn
Schleppste noch paar Kumpels an.«

Da kamen zum Küchenfenster der dicke Blauscheck, sein dünner Zwillingsbruder, ein Fahler und ein Gehämmerter herein und ließen sich um die Asche nieder. Und der dicke Blauscheck nickte mit seinem Köpfchen und fing an, pick, pick, pick, pick, und da fingen die übrigen auch an, pick, pick, pick, pick, und lasen alle guten Körner in die Schüsseln. Und eh eine halbe Stunde herum war, waren sie schon fertig und flogen alle wieder hinaus.

Nun trug das Mädchen die Schüsseln zu der Stiefmutter, freute sich und glaubte, nun dürfte es mit auf die Hochzeit gehen. Aber sie sprach: »Gehoppt wie gesprungen! Mit deine Pisselumpen kannze nich mit auf Jück in Schloss, und außerdem kannze kein Klammerblues.« Darauf kehrte sie ihm den Rücken zu und eilte mit ihren zwei stolzen Töchtern fort.

Als nun niemand mehr daheim war, ging Schmierläppken zu seiner Mutter Grab unter den Haselbaum und rief:

»Ey, du Hasel, mamma feste,
Lasset rappeln inne Äste.
Ich will rein in König-Kotten,
Geb mich toffte Tanz-Klamotten.«

Da warf ihm der dicke Blauscheck ein golden und silbern Kleid herunter und mit Seide und Silber ausgestickte Pantoffeln. In aller Eile zog es das Kleid an und ging zur Hochzeit auf die Hohensyburg. Seine Schwestern aber und die Stiefmutter erkannten es nicht und meinten: »Boh, kumma die da!« So schön sah es in dem goldenen Kleide aus. An Schmierläppken dachten sie gar nicht, da sie glaubten, es läge daheim im Schmutz.

Der Königssohn kam Schmierläppken entgegen, nahm es bei der Hand und tanzte mit ihm einen Klammerblues. Er wollte danach mit sonst niemand tanzen, also dass er ihm die Hand nicht losließ, und wenn ein anderer kam, es aufzufordern, sprach er: »Allemann Fottfinger weg! Nur ich tanz mit dat satte Geschoss sollo.«

Schmierläppken tanzte, bis es Abend war, da wollte es nach Haus gehen. Der Königssohn aber sprach: »Hömma, Schnuckel, ich komm mit auf deine Hütte«, denn er wollte sehen, wem das schöne Mädchen angehörte. Sie entwischte ihm aber und sprang in das Taubenhaus.

Nun wartete der Königssohn, bis der Vater kam, und sagte ihm: »Ey Oppa, dat satte Geschoss mit die mordsmäßigen Anziehsachen, is die bei dich aufen Taubenschlach?« Der Alte dachte: Den Präseshansel hat doch nimmehr alle aufe Latte. Da meint der doch wohl nich dat Schmierläppken mit?

Und sie mussten ihm Axt und Hacken bringen, damit er das Taubenhaus entzweischlagen konnte; aber es war niemand darin. Und als sie ins Haus kamen, lag Schmierläppken in seinen schmutzigen Kleidern in der Asche, und ein trübes Öllämpchen brannte im Schornstein; denn das Mädchen war geschwind aus dem Taubenhaus hinten herabgesprungen und war zu dem Haselbäumchen gelaufen; da hatte es die schönen Kleider ausgetan und aufs Grab gelegt, und der dicke Blauscheck hatte sie wieder weggenommen, und dann hatte es sich in seinem grauen Kittelchen in die Küche zur Asche gesetzt. –

Am andern Tag, als das Fest von neuem anhub und die Eltern und Schwestern wieder fort waren, ging Schmierläppken zu dem Haselbaum und sprach:

»Ey, du Hasel, mamma feste,
Lasset rappeln inne Äste.
Ich will rein in König-Kotten,
Geb mich ganz toffte Tanz-Klamotten.«

Nun warf ihm der dicke Blauscheck ein Kleid herab, das war so prächtig und glänzend, wie es noch nie eins gehabt hatte, und die Pantoffeln waren ganz golden.

Als es in dem Kleid zu der Hochzeit kam, wussten alle nicht, was sie vor Verwunderung sagen sollten. Der Königssohn tanzte ganz allein mit ihm, und wenn es einer aufforderte, sprach er: »Allemann Fottfinger weg oder ein inne Fresse und Rübe ab! Nur ich tanz mit dat satte Geschoss sollo.«

Als es nun Abend war, wollte Schmierläppken fort, und der Königssohn wollte es begleiten, aber es entsprang ihm so geschwind, dass er nicht folgen konnte. Der Königssohn hatte aber eine List gebraucht und die ganze Treppe mit Pech bestreichen lassen; da war, als es hinabsprang, der linke Pantoffel des Mädchens hängengeblieben. Der Königssohn hob ihn auf, und er war klein und zierlich und ganz golden. –

Am nächsten Morgen ritt er damit zu dem Mann nach Dortmund-Dorstfeld und sagte zu ihm: »Lauscher hoch, Oppa! Ich sachet nur eima.

Meine Trude wird die, die ihre Edelmauken in diesen Superpömms reinklamüsert.«

Da freuten sich die beiden Schwestern, denn sie hatten schöne Füße. Die Älteste ging mit dem Schuh in die Kammer und wollte ihn anprobieren, und die Mutter stand dabei. Aber sie konnte mit der großen Zehe nicht hineinkommen, dann der Schuh war ihr zu klein.

Da reichte ihr die Mutter ein Messer und sprach: »Hau den dicken Onkel weg! Wenne Trude vonnen König biss, brauchs nimmehr zu latschen.«

Das Mädchen hieb die große Zehe ab, zwängte den Fuß in den Schuh, verbiss den Schmerz und ging heraus zum Königssohn.

Da nahm er sie als seine Braut aufs Pferd und ritt mit ihr fort. Sie mussten aber an dem Grabe vorbei; da saßen der dicke Blauscheck und sein dünner Zwillingsbruder auf dem Haselbäumchen und riefen:

»Rucke di milli, rucke di meter,
Blut is im Treter, Blut is im Treter.
Dat satte Geschoss, die richtige Trude,
Die hockt noch stickum in ihre Bude.«

Da blickte er auf ihren Fuß und sah, wie das Blut herausquoll. Er wendete sein Pferd, brachte die falsche Braut wieder nach Haus und sagte: »Du biss nich dat satte Geschoss. Lass ma dein Schwester dat Dingen überziehn.«

Da ging diese in die Kammer und kam mit den Zehen glücklich in den Schuh, aber die Ferse war zu groß.

Da reichte ihr die Mutter ein Messer und sprach: »»Hau den Quanten klein! Wenne Trude vonnen König biss, brauchs nimmehr zu latschen.«

Das Mädchen hieb ein Stück von der Ferse ab, zwängte den Fuß in den Schuh, verbiss den Schmerz und ging heraus zum Königssohn.

Der nahm sie als seine Braut aufs Pferd und ritt mit ihr fort. Als sie an dem Haselbäumchen vorbeikamen, saßen die zwei Täubchen darauf und riefen:

»Rucke di milli, rucke di meter,
Blut is im Treter, Blut is im Treter.
Dat satte Geschoss, die richtige Trude,
Hockt immer noch stickum in ihre Bude.«

Der Königssohn blickte nieder auf ihren Fuß und sah, wie das Blut aus dem Schuh quoll und an den weißen Strümpfen ganz rot heraufgestiegen war. Da wendete er sein Pferd und brachte die falsche Braut wieder nach Haus. »Die hat auch zu dicke Mauken«, sprach er, »kannze noch son ander Teil rübberwerfen, Oppa?«

»Eintlich nich«, sagte der Mann, »nur von meine erste Olle, die wo abgenippelt is, da gibbet noch son Föttken. Aber dat is nimmernie dat satte Geschoss.«

Der Königssohn sprach: »Reich dat Teil trotzdem ma rübber!«

Die Mutter aber antwortete: »Achottachott, die sieht doch aus wie Schrullkamps Emma.«

Er wollte es aber durchaus haben, und Schmierläppken musste gerufen werden. Da wusch es sich erst Hände und Angesicht rein, ging dann hin und neigte sich vor dem Königssohn, der ihm den goldenen Schuh reichte. Dann setzte es sich auf einen Schemel, zog den Fuß aus dem schweren Holzschuh und steckte ihn in den Pantoffel. Der passte wie angegossen. Und als es sich in die Höhe richtete und der Königssohn ihm ins Gesicht sah, so erkannte er das schöne Mädchen, das mit ihm getanzt hatte, und rief: »Jau, dat is dat satte Geschoss, dat is meine Trude!«

Die Stiefmutter und die beiden Schwestern erschraken und wurden bleich vor Ärger. Er aber nahm Schmierläppken aufs Pferd und ritt mit ihm fort.

Als sie an dem Haselbäumchen vorbeikamen, riefen der dicke Blauscheck und sein dünner Zwillingsbruder:

»Rucke di milli, rucke di meter,
Kein Blut is im Treter. Kein Blut is im Treter.
Dat satte Geschoss, die richtige Trude,
Die nimmter gez mit auf seine Bude.«

Und als sie das gerufen hatten, kamen der dicke Blauscheck und sein dünner Zwillingsbruder herabgeflogen und setzten sich dem Schmierläppken auf die Schultern, einer rechts, der andere links, und blieben da sitzen. –

Als nun die Hochzeit mit dem Königssohn auf der Hohensyburg sollte gehalten werden, kamen die falschen Schwestern, wollten sich einschmeicheln und teil an seinem Glück nehmen.

Als die Brautleute nun zur Kirche gingen, war die Älteste zur rechten, die Jüngste zur linken Seite: Da pickten der dicke Blauscheck und sein dünner Zwillingsbruder einer jeden das eine Auge aus. Hernach, als sie herausgingen, war die Älteste zur linken, die Jüngste zur rechten: Da pickten der dicke Blauscheck und sein dünner Zwillingsbruder einer jeden das andere Auge aus. Und waren sie also für ihre Bosheit und Falschheit mit Blindheit auf ihr Lebtag gestraft.

Der letzte Emscherhecht (nach einem Märchen von Heinrich Kautz)

Es war einmal ein Hecht, ein starker, großer Fisch. Der lebte irgendwo hoch oben im Gebirge und sprach nur hochdeutsch. Er war nicht verheiratet, hatte aber viele Geschwister, die selbst schon wieder Kinder hatten und von denen er nur »Onkel Hecht« gerufen wurde. –

Eines Tages sagte er zu sich: »Ich habe keine Frau und bin deshalb frei. Warum sollte ich mir nicht anschauen, was es anderswo alles so gibt!« Und so machte er sich auf die Reise in das Land der Schlote. Er hatte gehört, dass es hier viel zu sehen gäbe, und schwamm lustig drauflos.

Das ist aber ein sonderbares Land, dachte er, nachdem er kurz hinter Dinslaken vom Rhein in die Emscher abgebogen war und knapp vor Duisburg den Kopf aus dem Wasser hob und nach frischer Luft schnappte. Hu, wie es da nach Ruß und Kohlen und Qualm roch! Die Luft in dem Lande gefiel Onkel Hecht nicht, und er musste immer an seine herrliche frische Bergluft daheim denken. Doch schwamm er weiter und besah sich alles ganz genau. Aber merkwürdig! Es begegneten ihm gar keine Fische auf seiner Reise. Endlich sah er von weitem einen Aal sich wie eine Schlange in die Höhe recken.

»Heda, Vetter Aal, wünsche einen guten Tag!«

Der alte Aal riss vor Staunen sein Maul sperrangelweit auf und vergaß sogar, es wieder zu schließen.

»Kennst du mich nicht, in bin der Onkel Hecht?«

»Du bisset! Hömma, ich hab mich von den ganzen Siff hier en Matschauge gefangen und bin mit die Kuckers nimmehr so gut drauf. Komm aber ma mit rübber zu unser Sippe«, rief der Aal.

Onkel Hecht hatte nicht alles verstanden, was der Aal gesagt hatte, und meinte nur überrascht: »Ja, ja.«

Der Aal wendete und entfernte sich. Wie er zurückschaute und bemerkte, dass Onkel Hecht ihm nicht folgte, rief er: »Lass jucken, Kumpel! Abglucksen nache Sippe.«

Nun verstand Onkel Hecht, dass er dem Aal wohl zu dessen Familie folgen sollte. –

Wie da die jungen Aale staunten! »Also, du biss den Onkel Hecht, von den uns unser Vadder die ganzen Schoten verklickert hat«, sagte der

Jüngste und strich ganz dicht an Onkel Hechts Rücken vorbei. Dann machten sie es sich alle zusammen gemütlich und plauderten.

Plötzlich riss Onkel Hecht sein Maul weit auf und japste laut.

»Wat is, Ollen?«, riefen die Aale.

»Ach, ich habe so Leibschmerzen!«, jammerte Onkel Hecht.

»Wie dattenn?«

»Euer Wasser ist schlecht, so sauer und schmutzig, ich glaube sogar, es stinkt hier irgendwie nach … Kacke.«

»Et müfft hier nach Menschen!«, lachten die Aale. »Schnallze dat nich? Die tun hier ihre ganzet Dreckzechs rein.«

»Bah, wie hässlich! Und Hunger hab' ich. Habt ihr nichts zu essen für mich? Bin schon fünf Tage unterwegs und habe noch nichts gefunden als ein paar Würmchen.«

»Hier is alle, Onkel Hecht. Wir ham auch andauernd Kohldampf bis untere Kiemen!« So sprach der alte Aal, gab seinen Jungen einen Wink und – husch, waren alle verschwunden.

Es war aber auch Zeit für sie. Denn Onkel Hecht war böse geworden. Das Wasser lief ihm zu beiden Seiten am Maule herunter, und er hätte wahrscheinlich einen jungen Aal geschnappt und verspeist. –

Nun stand Onkel Hecht allein da. Die Aale würden nicht wiederkommen. Drum schüttelte er vorsichtig den Schlamm von den Flossen und schwamm die Emscher weiter aufwärts.

Drei Stunden brauchte er, ehe er auf der Höhe von Bottrop einen anständigen Bach fand.

»Guten Tag, lieber Bach«, rief der Onkel Hecht freudig.

»Guten Tach, lieben Bach«, äffte ihn das Gewässer nach, »ich heiß nich Bach, ich heiß Berne.«

»Ach, liebe Berne! Wo sind denn die Fische? Die Forellen, Karpfen und wie sie alle heißen. Heraus mit der Sprache!«

»Könnt mich kringeln«, lachte da das Gewässer. »Et waren schon son paar andere von deine Sorte hier und ham dat gefragt. Is aber nix ambach bei mich.«

»Aber sag doch mal, warum denn nicht?«

»Hömma, ich bin so ein von die Modernen. Ich bin ne Köttelbecke. Ich bring dat Zeuchs weg, wat die Menschen so im Kloo kippen. Für dat hab ich ne echt feine Rinne gekricht. Und wat sonz hier am rumfeckeln war, hat sich verdünnisiert. Echt töffte hier.«

Onkel Hecht meinte verstanden zu haben, was der Bach ihm sagten wollte, und brummte: »So, so, das wusste ich nicht. Dann kann ich ja weiterziehen, wenn du doch keine Kostgänger hast.« Und er schwamm eilends fort. –

Zwei Tage reiste er noch umher. Aber er traf niemanden. Einmal meinte er, einen fetten Karpfen zu finden. Gierig schnappte er danach. Aber oh weh, was musste er spucken! Es war nur eine alte Schuhsohle. Daran hatte sich allerhand Teer, Fett und Schlamm festgesetzt. Hu, ein richtiges Teufelsfutter!

Da hatte Onkel Hecht genug. Er wollte nur noch nach Hause.

– Vier Wochen brauchte er für seine Heimreise. Und wie sah er aus! Die anderen Hechte lachten nicht, sondern gingen schnell auf die Jagd, denn Onkel Hecht war todkrank vor Hunger.

Nach ein paar Tagen, als es ihm wieder etwas besser ging, erzählte er von seinen Reiseerlebnissen. Und jedesmal, wenn er erzählte, sagte er so:

»Geht nur niemals auf Reise in das Land der Schlote. Ich habe noch Glück gehabt. Aber euch geht es schlecht. Das schmutzige Wasser macht euch blind, ihr habt jeden Tag Leibschmerzen davon und ihr müsst da ganz wahrhaftig verhungern. Und außerdem versteht ihr kaum ein Wort von dem, was dort unten gesprochen wird.« –

Seitdem hat man in den Gewässern des Ruhrgebiets niemals mehr Hechte gesehen. Sie alle haben Onkel Hecht geglaubt. Denn nach ein paar Wochen ist er an seinen Reise-Erlebnissen gestorben.

Der verlorene Mond von Wanne-Eickel

Es war einmal vor vielen, vielen Jahren, als Wanne-Eickel noch ein klitzekleines Dörfchen unter vielen klitzekleinen Dörfchen im Ruhrgebiet war, das damals noch gar nicht Ruhrgebiet hieß.

Wanne-Eickel gehörte in dieser Zeit zur Herrschaft derer von und zu Strünkede, einem Geschlecht von mächtigen Zauberern. Diese hatten ihre Zauberformeln von einer Generation auf die nächste überliefert und hausten in einem großen Schloss vor den Toren des Dorfes Herne, fußläufig eine gute Stunde von Wanne-Eickel entfernt.

Als in einem Jahre wegen heftiger Winde eine Missernte über Wanne-Eickel hereinbrach, schickten die Dörfler eine Abordnung zu ihrer Herrschaft mit der Bitte, den fälligen Tribut (so hießen damals die Steuern) auszusetzen. Denn ihre Kassen seien leer, und sie besäßen nicht mehr einen einzigen Tacken (das war die Währung, die in dieser märchenhaften Zeit galt).

In Herne regierte Herbert XIV. von und zu Strünkede, ein mächtiger Zauberer, von seinen Untertanen wegen seiner Strenge und Unbarmherzigkeit Hebbert den Schlimmen genannt. Als dieser hörte, was die Abordnung der Dörfler vorbrachte, verdunkelte sich seine Miene, und er sprach in gebrochenem Ruhrdeutsch (was damals bei Herrschern gerade groß in Mode war):

»Wir wissen, dat ihr Wanne-Eickelers die größten Schaluppis unter unsere Untertanen seid; trotzdem tun wir eure Bitte nachkommen. Aber hömma! Habter uns auch nur ein einzigen Tacken abgeknapst, dann krichter voll ein vor den Latz geknallt.«

»Seid echt toffte Segers, Chef!«, rief die dörfliche Abordnung im Chor und zog vergnügt vondannen.

Ganz Wanne-Eickel feierte noch am Abend des nämlichen Tages auf seinem kleinen Marktplatz mit viel hellem Bier ein großes Freudengelage, wie es schon damals in dieser Region üblich war, wenn man jemanden kräftig über den Leisten gezogen hatte. Denn ihre Kassen waren gar nicht leer, die Wanne-Eickeler waren es nur leid geworden, einen Gutteil ihres Erarbeiteten jedes Jahr an die Herrschaften derer von und zu Strünkede abzuliefern. Das Korn hatten sie heimlich des Nachts mit Hilfe des

Vollmondes eingebracht. Einen starken Wind und eine Missernte hatte es bei ihnen überhaupt nicht gegeben.

Und wie es bei solchen Freudenfesten hier in der Region nun mal so war und ist, so hatten Wanne-Eickeler beiderlei Geschlechts bald eine große Menge des hellen Bieres intus, und die Frauen zogen sich zu einem gemütlichen Pläuschken zurück, und die Männer begannen mit dem Skat-Spiel um den Preis von einem Tacken pro Punkt.

Es war schon weit nach Mitternacht, der grinsende Mond von Wanne-Eickel amüsierte sich gerade über einen Zecher, der einen Grand-Hand mit Vieren in den Sand gesetzt hatte und nun mit mürrischem Gesicht jedem seiner Mitspieler zwölf Tacken ausbezahlen musste, da erfüllte plötzlich ein grelles Licht den kleinen Marktplatz. Wie aus dem Boden gewachsen, stand Hebbert den Schlimmen mitten unter den beschwipsten Dörflern. Seine Augen funkelten drohend, und er sprach mit bebender Stimme:

»Ihr linken Bazillen aus Wanne-Eickel! Ihr dachtet wohl, ihr könnt uns betuppen! Nich mit so einen wie mich! Als Strafe für sonne fiese Schummelei sollter von gez an doppelt latzen. Und euern Kumpel da oben, den knips ich aus.«

Nun hob der Herrscher seine Arme gen Mond und rief in astreinem Ruhrdeutsch (was schon damals die Sprache aller Zaubersprüche war):

»Hömma, Luna, mach kein Schmu,
Halt die Klappe und hör zu.
Irnxwo sonz, du ollen Mond,
Kannze pillern, wie gewohnt.
Aber Eickel mitsamt Wanne
Hasse nimmehr aufe Pfanne.
Hutzelputzel, Rappelzappel,
Schweinsgalopp mit Pferdeappel.
Pannemann und Saus und Braus,
Ipp, Zipp, Zapp und du biss aus!«

So, wie wenn man eine Kerze ausbläst, verschwand der Mond von Wanne-Eickel vom Nachthimmel, und selbst die Sterne schienen ihr Licht zu dämpfen, aus Angst, dass der Zauberer auch sie vom Firmament verbannen würde.

Und von nun an wunderte sich jeder Fremde, wenn er des Nachts die Grenze zu besagtem Dörfchen überschritt, dass es plötzlich stockdunkel wurde, und viele schauten zum Himmel auf und suchten vergeblich den Mond von Wanne-Eickel.

Viele Generationen später lebte im mondlosen Dorf ein Bauersmann mit seiner Bauersfrau. Sie besaßen ein altes Haus und etwas Land, litten nicht Hungers, auch wenn es nicht viel war, was der Familie nach harter Arbeit fürs Leben blieb.

Über das Land und Wanne-Eickel herrschte in dieser Zeit Herbert XIX. von und zu Strünkede, ein äußerst mächtiger Zauberer, von seinen Untertanen wegen seiner sehr großen Strenge und Unbarmherzigkeit Hebbert den ganz Schlimmen genannt. Er forderte immer noch den doppelten Tribut, und ganz Wanne-Eickel zahlte ihn jetzt schon lange vor dem festgesetzten Termin, aus Furcht, dass ihnen, falls sie erneut säumig würden, auch noch die Sterne abhanden kommen könnten.

Und so hatten der Bauersmann und seine Bauersfrau lange überlegt, ob sie es sich überhaupt leisten könnten, ein Kind aufzuziehen (denn Kinder waren schon damals eine äußerst kostspielige Angelegenheit). »Mit son Blag kommen wir grade noch übere Runden«, entschied schließlich die Bauersfrau. Sie wurde schwanger, und als sie eines Nachts die Niederkunft nahen fühlte, holte ihr Gatte die Wanne-Eickeler Hebamme.

Lange Zeit ging der Bauersmann wartend vor seinem Haus auf und ab, schaute ab und an fröstelnd zum tristen mondlosen Himmel auf. Endlich hörte er von drinnen einen hellen Kinderschrei und den Ruf der Hebamme »Is en Kacker!«, und schon bald kam die Geburtshelferin herausgestürzt und legte ihm seinen Stammhalter in den Arm. Und als der junge Vater daraufhin voller Stolz seinen Sohn hoch über den Kopf emporhob, glaubte er einen Augenblick lang, dass dort oben wieder der Erdentrabant leuchten und ihn angrinsen würde. –

Die beiden Bauersleute benannten ihr Kind Päule, ein Name, den damals nicht viele in dieser Region ihrem ersten Sohn zu geben pflegten; denn sie glaubten fest daran, dass aus ihrem Kind etwas ganz Besonderes werden würde. Und tatsächlich: Päule wuchs heran zu einem Knaben, der an Kraft und Mut bald alle Altersgenossen bei weitem übertraf. Und als

für ihn die Zeit kam, in der die beiden Menschengeschlechter sich einander in die Augen schauen, da wünschte sich jedes leckere Wanne-Eickeler Mädchen nichts sehnlicher, als gerade mit diesem munteren Jungen in die heimischen Felder und Wälder hinaus zu lustwandeln und danach Hand in Hand über den kleinen Marktplatz zu spazieren.

Päule erfüllte solche Wünsche oft und gerne, und als er eines Tages mit fröhlicher Miene und einer ebenso fröhlichen Dorfschönen von einer ausgedehnten Feld- und Waldtour zum kleinen Marktplatz zurückkehrte, sah er, dass viel Volkes sich dort versammelt hatte und wie der offizielle Ausrufer derer von und zu Strünkede gerade auf eine bereitgestellte Leiter kletterte.

Der da oben machte mit einem ernsten Gesicht eine ebenso ernste Pause und verkündete dann dem staunenden Volke in gebrochenem Ruhrdeutsch (was damals bei solchen Anlässen ebenfalls groß in Mode war):

»An Allemann! Die Pauline, dat einzige Blag von Hebbert den ganz Schlimmen, zieht seit fünf Jahre ne Fleppe. Wer die an den nächsten Vollmond en Grinsen aufe Backe pinnt, dat se gibbelt, der kricht zwo Wünsche frei. Einsatz: tausend Tackens. Wer nich schafft: Kohle weg.«

(Die ansonsten in Märchen anzutreffende Standardzahl von drei freien Wünschen galt in dieser Region nicht, da man sich damals in einer Phase der Umstrukturierung befand und an allen Ecken, Kanten und Wünschen gespart werden musste.)

Das Volk von Wanne-Eickel grummelte und murrte ob diese Botschaft. Rufe wie »Abzocker« und »Pattenpapst« wurden laut, und der offizielle Ausrufer hatte große Mühe, heil und unversehrt von der Leiter zu klettern, weil plötzlich viele Hände anfingen, an ihr zu rütteln.

Nachdem der Bote derer von und zu Strünkede sich mit wehendem Rock vom Acker gemacht hatte, trat plötzlich Stille ein auf dem kleinen Marktplatz. Und wie auf einen heimlichen Befehl hin blickten alle auf Päule, der immer noch mit der Dorfschönen an der Hand am Rande des Marktplatzes stand.

»Dat is den größten Schlawiner hier seit anno tobak.«

»Der knetet den Hebbert seine Jammerläppin weich.«

»Zwoma wünschen ergibt minigens ein Mond.«

Und plötzlich umringten alle den jungen Bauernsohn und schlugen ihm wie wild auf die Schultern; ja, einige Wanne-Eickelerinnen, obwohl schon recht betagt, begannen gar, den schmucken Knaben lebhaft abzuküssen.

»Aber samma«, rief Päule, »wie kriegen wir denn die Kohle für dat zusammen?«

»Klar wie Klärken: Die Tackens von unser Tribut!«, antwortete ihm ganz Wanne-Eickel im Chor. –

Noch in der Nacht tagte der in einem Eilverfahren einberufene Ältestenrat des Dorfes. Er entschied einstimmig, Päule nach Strünkede zu entsenden, um Pauline zum Lachen zu bringen und den Mond zurückzuholen. Und noch in selbiger Nacht warf jeder seinen Tribut in ein hölzernes Kästchen. Es waren zusammen genau tausend Tacken.

Kundschafter wurden zur Ortsgrenze geschickt und fanden heraus, dass es noch drei Nächte bis zum Vollmond waren. Während dieser Zeit verließ der Junge das Haus der Eltern nur noch, um Erkundigungen einzuholen und sich einige Hilfsmittel für den Wettbewerb zu besorgen.

Am nämlichen Abend packte Päule all das in einen Leinenbeutel, was ihm in Strünkede nützlich werden könnte. Auf dem kleinen Marktplatz erwartete ihn die versammelte Einwohnerschaft des Dorfes. Große Plakate wurden hochgehalten: »Päule lasse gibbeln!« und »Mach ihr Sternkes inne Augen!«; Sprechchöre wie »Zickezacke, Hühnerkacke, Mond, Mond, Mond!« und »Hebbert, Hebbert, hahaha!« wurden intoniert. Der Ältestenrat übergab dem Jungen das Kästchen mit den tausend Tacken, und unter großem Jubel hoben zwei wohlbeleibte Wanne-Eickeler den Jungen auf ihre Schultern und trugen ihn bis zur Ortsgrenze. –

Eine Stunde vor Mitternacht langte Päule in Strünkede an. Er bewunderte das herrliche Wasserschloss mit seinen Türmen und Giebeln, schritt über eine hölzerne Zugbrücke und erblickte im Eingang zu einem hell erleuchteten Saal eine lange Schlange von Kandidaten. Er reihte sich als Letzter ein.

Einmal vernahm er ein säuselndes »Mmmm«, und vor ihm tuschelte es: »Aufen Kopp gestanden … mitte Lauscher gewackelt … mitte Zehen Mathe-Aufgaben gelöst … alles nix genutzt.«

Als schließlich nur noch ein weiterer Kandidat mit Päule wartete, sagte drinnen jemand das Nibelungenlied rückwärts auf und fiedelte dabei. Ein vielstimmiges »Jauuuu« drang zu ihm heraus, danach ein enttäuschtes »Ooooch«. Der vor ihm, welcher schon einen Blick auf das Geschehen drinnen werfen konnte, flüsterte: »Pauline hat gezwinkert und um ne Rotzfahne gebittet, damit se sich de Tränkes trocknen kann.«

Der vor ihm drängte jetzt in den Saal, und Päule stand vor einem Tisch, hinter dem ein hutzeliges Männlein saß. Das sagte barsch zu ihm: »Du biss den Allerletzten. Schmeiß rappzapp die tausend Tackens rübber und trag dich inne Liste ein.«

Während das Männlein nachzählte, konnte Päule endlich selbst in den Saal schauen. In einem großen Halbkreis hatten sich Hebbert den ganz Schlimmen und sein höfisches Gefolge um ein weißes Himmelbett geschart. Darin lag, unter Federlaken begraben, Prinzessin Pauline. Nur ihr Gesicht schaute heraus; doch das war so schön, wie Päule noch keines vorher gesehen hatte. Ihre Augen betrachteten traurig den Kandidaten, der sie zum Lachen bringen wollte, indem er in mutigen Luftsprüngen mit Beinen und Armen das Alphabet durchbuchstabierte. Bei der schwierigen Darstellung des »Q« verhedderten sich seine Extremitäten, und er schlug schwer auf den Steinboden.

Während der Alphabet-Artist auf einer Bahre hinausgetragen wurde, rief das hutzelige Männlein: »Den Letzten für heute, Päule aus Wanne-Eickel!«

Der schmucke Bauernsohn trat vor das weiße Himmelbett, schaute Pauline tief in die traurigen Augen und begann: »Prinzesseken, hier kannze pillern, wat ma is!«

Mit einer schnellen Bewegung zog Päule einen kleinen Glasknicker (den er sich in seinem Dorf bei einem kleinen Jungen geliehen hatte) aus seiner Leinentasche.

»Dat is den Wanne-Eickeler Spökenkieker! Ihr habt bei dem zwoma frei.« (Die sonst in Märchen übliche dritte Frage an solche Wunderkugeln, die die Zukunft zeigen, entfiel ebenfalls aufgrund der schon erwähnten Umstrukturierung in der Region.)

Ein dunkles »Sauguuuut« erfüllte den Saal, und die Prinzessin erhob sich ein wenig aus den Kissen, starrte neugierig in das glimmende Glas und hauchte mit samtener Stimme: »Ersma möcht ich wissen, in wat für welche Farben inne Zukunft Frauen so ihr Haar tragen.«

Unruhe erfasste den Hofstaat. Die Männer packten sich geschlossen mit einem verzweifelten »Neeeebloßdatnich« an den Kopf, bis ihnen ein strenges »Schhhhhklappehalten« der versammelten Frauenschaft dringend Ruhe gebot.

Päule rieb sich innerlich die Hände. Hierauf war er vorbereitet. Genau mit dieser ureigensten aller ureigenen Frauenfragen hatte er gerechnet. Er drehte die Glaskugel ins Licht und hielt sie der Prinzessin direkt vor die Augen. »Kumma hier, Prinzesseken! Grasgrün, Meerblau, Pechschwarz … Knallrot!«

Pauline erhob sich noch etwas mehr aus ihren Kissen und rief begeistert: »Bor, wat is dat knorke!«

Worauf nicht wenige der anwesenden edlen Frauen den Kreis der Neugierigen und mit ihm ihre höfische Zurückhaltung durchbrachen und versuchten, mit einem kreischenden »Lassssmakucken« Päule die Glaskugel zu entreißen. Wachsoldaten, auf deren Brustharnisch das Wappen derer von und zu Strünkede prangte und die bisher im Hintergrund das Geschehen beobachtet hatten, rückten vor, hatten aber einige Mühe, die wild um sich schlagenden Damen mit Hilfe ihrer Piken wieder zurückzudrängen.

Nun formte das liebliche Gesicht der Prinzessin ein stummes Lächeln, und mit glänzenden Augen hob sie an: »Und als zwotet möcht ich wissen, wat für Treter inne Zukunft Frauen so …«

Päule grinste in sich hinein. Auch damit hatte er gerechnet. Von Paulines großer Schuhliebe hatte ihm ein reisender Kaufmann berichtet, der das Schloss derer von und zu Strünkede regelmäßig besuchte. Und der Junge hatte sich ein außergewöhnliches Paar von einem erfahrenen Wanne-Eickeler Schuster anfertigen lassen, das er in seiner Tasche verborgen hielt: mit hölzernen, mindestens eine halbe Elle hohen Absätzen, mit geschmeidigen Schnürchen für die herrschaftlichen Füßchen. Und das alles in Knallrot, der Lieblingsfarbe der Prinzessin. Dieser Anblick musste Pauline zum jubelnden Lachen bringen.

»… immer ma ganz tucketucke«, riss eine dunkle Stimme den Jungen aus seinen Gedanken. Mit düsterer Miene trat der Hebbert den ganz

Schlimmen vor Päule hin und donnerte: »Dat Dingen da, dat soll mich ma lieber flott den Name von den großen Zauberer verklickern, der dat Land hier in tausend Jahre am regieren is!«

Päule merkte, wie Blässe in sein Gesicht schoss. Mit so etwas hatte er nicht gerechnet. Er presste den Spökenkieker ganz fest an sein Ohr.

Der Herrscher schaute den Jungen hämisch an und rief: »Na, wat flüstert dich dein Knicker?«

»… Fritz Pleitgen …«

»Mummpitz!« Hebbert den ganz Schlimmen fiel die Kinnlade herunter. »Mit son Name kriss doch nie en Zauberspruch aufe Reihe!«

»… Hannelore Kraft …«

»Ne Frau? Da lacht sich doch jeden Hilfsbullemann en Ast. Komm endlich inne Gänge.«

Der Junge presste den Spökenkieker noch fester an sein Ohr und rief mit sich überschlagender Stimme:

»Hebbert Knebel!«

Worauf Päule aufsprang, sich über die Prinzessin beugte und ihr einen dicken Schmatzer mitten auf den Mund gab.

»Packt den Pisselkopp und mauert ihn in unsern Schlossbunker ein!«, schrie Hebbert den ganz Schlimmen.

Voll verkimmelt!, schoss es Päule durch den Kopf, als er von den Wachsoldaten gepackt wurde. Er glaubte, schon die Glocken läuten zu hören, die sein letztes Stündlein ankündigten.

Glocken? Er vernahm ein Glöcklein, das ganz leise zu bimmeln begonnen hatte.

Bimmeln? Eher ein niedliches Lachen, das lauter und lauter wurde.

Ein Schrei ließ den Saal erzittern: »Pauline gibbelt!«

Hebbert den ganz Schlimmen schaute mit versteinertem Gesicht auf das Kichern, Geiern und Wiehern, das tausend Münder ausspieen; auf die Tränen der Freunde, die in Sturzbächen tausend Wangen herabflossen; auf seine Tochter, die sich in ihrem Himmelbett vor Lachen kringelte.

Mit einem Wink gebot der Herrscher seinen Wachsoldaten, Päule aus ihrem Griff zu entlassen; mit einem weiteren forderte er Ruhe im Saal, musste diesen allerdings mehrmals wiederholen, bis auch der letzte Lacher erstickt worden war. Dann sprach er würdevoll:

»Junge aus Wanne-Eickel, du hasset gepackt und zwei Wünsche bei uns frei.«

»Nummero eins: Geb uns unsern Mond zurück.«

»Is gebongt«, sprach der Herrscher nach kurzem Bedenken und wurde vom versammelten Hofstaat dafür mit donnerndem Beifall belohnt.

»Wat noch?«

»Pauline!«

»Wat is?« Hebbert den ganz Schlimmen rollte wütend mit den Augäpfeln, sein Gesicht verfärbte sich puterrot. Er sah aus wie nach sieben Tage Regenwetter.

Nun erhob sich Pauline, fasste Päule bei der Hand und blickte ihren Vater so traurig an, als ob sie niemals wieder lachen wollte.

Da verzog sich das Regenwetter, die Puterröte verschwand aus dem Gesicht des Herrschers und seine Augen glänzten gütig, als er ausrief:

»Is meintwegen auch gebongt.«

Ganz Wanne-Eickel feierte wenige Tage später mit viel hellem Bier ein großes Freudengelage, wie es schon damals in dieser Region so üblich war, wenn das Schicksal sich einem sehr gütig gezeigt hatte.

Plötzlich erfüllte ein grelles Licht den kleinen Marktplatz. Wie aus dem Boden gewachsen, stand Herbert XIX. von und zu Strünkede mitten unter den beschwipsten Dörflern, Pauline und Päule bei den Händen haltend. Die Augen des Zauberers lachten vergnügt, als er mit sanfter Stimme sprach:

»Kumpels aus Wanne-Eickel, einen von euch hat alle von uns en großen Dienst erwiesen. Dafür brauchter von nun an nix mehr zu blechen für uns, und ihr kricht euern Mond wieder.«

Hebbert hob seine Arme gen Himmel und rief in astreinem Ruhrdeutsch:

»Hömma, Luna, mach kein Schmu,
Halt die Klappe und hör zu.
Überall, du ollen Mond,
Hass gepillert, wie gewohnt.
Und auch Eickel mitsamt Wanne
Hass gez wieder aufe Pfanne.

Hutzelputzel, Rappelzappel,
Schweinsgalopp mit Pferdeappel.
Saus und Braus und Pannemann,
Ipp, Zipp, Zapp und du biss an!«

So, wie wenn man eine Kerze anzündet, tauchte der Mond von Wanne-Eickel wieder am Nachthimmel auf, und selbst die Sterne schienen heller zu leuchten aus Freude, dass ihr alter Gefährte wieder da war. –

Es war schon weit nach Mitternacht. Ein grinsende Mond amüsierte sich gerade über den Herrscher von Strünkede, der einen Grand-Hand mit Vieren in den Sand gesetzt hatte und nun mit mürrischem Gesicht jedem seiner Mitspieler zwölf Tacken ausbezahlen musste (die Legende flüstert sogar, dass er in dieser Nacht weit mehr verlor, als Wanne-Eickel vorher in Jahrhunderten an Tribut gezahlt hatte); da erfüllte ein helles Lachen den kleinen Marktplatz. Es waren Päule und Pauline, die etwas abseits standen und dem da oben am Himmel feierlich versprachen, dass ihr erstes Kind den Namen Luna oder Lunus bekommen sollte …

Seit jener Zeit leuchtet es des Nachts über besagtem Dörfchen heller als irgendwo anders auf dieser großen, weiten Welt. Viele Menschen kommen, um ihn zu bestaunen, wohlklingende Verse werden über ihn gedichtet, berühmte Sänger widmen ihm ihre Lieder. Und wenn du zu ihm aufschaust, dann wird er auch dich angrinsen:

Der Mond von Wanne-Eickel.

M.T.

Die-mit-die-rote-Kappe-aufen-Kopp und der Gelsenwolf

Waschküche in Gelsenkirchen: Eine dickliche Frau in königsblauem Kittel und mit königsblauem Kopftuch müht sich, über einen großen hölzernen Bottich gebeugt, an einem Scheuerbrett ab; durch das Fenster leuchtet der Gelsenwald ins Halbdunkel; weiter weg ist schemenhaft Schloss Berge zu erahnen.

Mutter: (in sich hineinbrummelnd) Aus die scheiß Pisselotten krisse die Bremsspuren kaum noch raus. Dat ich mich mit das Zeuchs auch immer allein abkrücken muss.

(Sie hält inne.)

Mutter: Verdorri! Hab ich doch fast die Omma vergessen. (laut) Du-mit-die-rote-Kappe-aufen-Kopp, komma ganz fix rübber!

Stimme aus dem Hintergrund: Kein Zeit!

Mutter: (lauter) Du muss bei die Omma.

Stimme aus dem Hintergrund: Hab kein Zeit!

Mutter: (ganz laut) Wenne gez nich in Zeit von nix aufe Hufe komms, dann hat dein Föttken aber Cranger Kirmes!

(Ein Mädchen in einem königsblauen Kittelchen und mit einer knallroten Kappe auf dem Kopf kommt angetrippelt.)

Rote Kappe: Wat is?

Mutter: Pack dich Stücksken Streusel und Pulle Fusel und bring dat rappzapp bei die Omma.

Rote Kappe: Warum muss ich immer bei die Omma?

Mutter: Die Omma hat schwer Malesse mit sein Kopp und liegt inne Poofe. Sei domma bissken nett zu die. Die hat dich doch die tofffte rote Kappe geschenkt.

Rote Kappe: Die Omma, die hat en Lattenschuss. Ich wollt ne königsblaue Kappe. Nich sonne rote.

Mutter: Noch so ein über die Omma, und du kriss ein getafelt, datte en dreifachen Kusselköpper rückwärts schießen tuss.

Rote Kappe: Die Omma is …

(Die Mutter hebt drohend die Hand.)

Rote Kappe: … eintlich ganz schwer in Ordnung.

Mutter: Und zerdepper mich bloß nich die Pulle Schnappes und pass auf, wo du mit deine krummen Haxen hintapers.

Rote Kappe: Aber für nache Omma muss ich doch quer durchen ganzen Gelsenwald.

Mutter: Hör auf zu janken! Wenne bei die Omma komms, da sachste ersma schön guten Tach und machs kein Firlefanz inne Bude.

Rote Kappe: Scheißspiel!

Mutter: Pack dich die Pulle und den Streusel und sieh zu, datte Land gewinns!

(Rote Kappe ab; die Mutter wäscht weiter)

Lichtung im Gelsenwald: Rote Kappe kommt mit einem Korb unter dem Arm angehüpft.

Rote Kappe: (singt) Wir versaufen unser Omma ihr klein Häusken, ihr klein Häusken …

(Hinter einem Baum lugt der Gelsenwolf hervor.)

Rote Kappe: … ihr klein Häusken, ihr klein Häusken …

(Der Gelsenwolf tritt in die Lichtung.)

Gelsenwolf: … und die erste und die zweite Hypothek, ahoi! Ey Tach, Du-mit-die-rote-Kappe-aufen-Kopp, Tach ey.

Rote Kappe: Ey, wat bis du denn für einen. Siehs ja aus wie son schrumpeligen Teddybär.

Gelsenwolf: Ich bin dat Wölfken dat bin ich.

Rote Kappe: Biss echt en Knuddel, Wölfken.

Gelsenwolf: Hömma, wo gehste wo, hömma?

Rote Kappe: Nache Omma.

Gelsenwolf: Wat hasse bei dich bei hasse wat?

Rote Kappe: Stücksken Streusel und Pulle Fusel für die Omma seine Kopppinne.

Gelsenwolf: Wo tut die Omma denn wohnen tut die wo?

Rote Kappe: Sattet Viertelstündken weiter durchen Busch, unter so Eichen-Ömmesse.

Gelsenwolf: (leise vor sich hinmurmelnd) Hier riecht dat schwer nach … Heringsstipp … riecht dat hier schwer nach.

(Beide gehen nebeneinander her.)

Gelsenwolf: (leise) Dat Teil schepp ich mich aufen Teller schepp ich mich dat. Und die Omma gibbet als Schlabberkappes noch obendrauf gibbet die. Mann, wat hab ich en Schmacht ich hab wat, Mann!

Rote Kappe: Samma Wölfken, wat hasse sonne komische Spreche am Balch. Irgenswie so … doppelt gemoppelt?

Gelsenwolf: Ich komm aus Buer komm ich.

Rote Kappe: Aso.

Gelsenwolf: (weist auf die zahlreichen Waldblumen) Ey, Du-mit-die-rote-Kappe-aufen-Kopp, da die lecker Blümkes die da, ey.

Rote Kappe: Bor kumma, jau ey.

Gelsenwolf: Dat wär doch sicher wat für die Omma wat sicher doch wär dat.

Rote Kappe: Bor kumma, jau ey.

Gelsenwolf: Da tät die Omma sich en Loch in Bauch sich freuen sich tät die.

Rote Kappe: Bor kumma, jau ey.

Gelsenwolf: Wollz da nich son paar von kappen für die Omma wollz da nich.

Rote Kappe: (schaut mit glänzenden Augen auf das Blumenfeld) Jau hömma, wenn ich die Omma paar Blümkes anschlepp, kricht die voll ein am Appel und denkt nimmehr an ihr seine Kopppinne und … (leise zu sich) ich kann mich schnell verpissen. Tschüssikowski, Wölfken.

(Rote Kappe läuft vom Wege ab in den Wald hinein und sucht Blumen. Und wenn sie eine gebrochen hat, meint sie, weiter hinaus stände eine schönere, und läuft danach und gerät immer tiefer in den Wald hinein; der Wolf schleicht sich vondannen.)

Unter den großen Eichen im Gelsenwald: Hütte einfachster Bauart; kleine Gardinchen am Fenster und eine wuchtige hölzerne Eingangstür; der Wolf schleicht grinsend heran.

Gelsenwolf: (leise) Omma, ich bin da Omma da bin ich. Ich stipp dich als Gullasch in mein Süppken stipp ich dich.

(Der Wolf klopft an die Tür.)

Omma: Wer da?

Gelsenwolf: Ich hier … (leise) ich.

Omma: Red kein Bueraner Schmonses. Wer da?

Gelsenwolf: (mit süßlicher Stimme) Ich-mit-die-rote-Kappe-aufen-Kopp … (leise) Aufen-Kopp-mit-die-rote-Kappe-ich. (laut) Ja hömma, wer sonz … (leise) sonz wer? Hab Stücksken Streusel und Pulle Fusel, hab ich … komma kumma, Omma.

Omma: Ey, saugut!

Gelsenwolf: Ey, mamma auf mamma!

Omma: Is offen. Hab schwer Kopppinne und krich meine Haxen nich ausse Poofe.

(Der Wolf drückt auf die Klinke; die Tür springt auf.)

Gelsenwolf: (sich seine Pfoten reibend und die Zunge bleckend) Gez gibbet orntlich Happe-Happe gibbet gez. (Der Wolf geht ins Haus.)

Omma: Verdorriiii …

Gelsenwolf: Mampf!

Omma: …iiii…!

Gelsenwolf: (laut aufstoßend) Dat war en Brocken war dat. Auch wenn bissken zäh bissken wenn auch.

(Der Wolf zieht von innen die Vorhänge zu; er hat die Schlafhaube der Omma auf dem Kopf.)

In der Hütte der Omma; der Wolf liegt laut schnarchend in einem großen Bett, das Oberbett bis an die Kinnlade hochgezogen, die Haube tief im Gesicht; in der offen stehenden Tür erscheint Die-mit-die-rote-Kappe-aufen Kopp.

Rote Kappe: Omma hömma, ich bin da!

(Sie zieht die Vorhänge zurück; das Schnarchen des Wolfes verstummt.)

Rote Kappe: Omma kumma, ich hab Stücksken Streusel und Pulle Fusel für die Omma ihr seine Kopppinne.

(Sie tritt vor das Bett und erschrickt)

Rote Kappe: Boh, Omma samma, wat hasse für Lauscher wie so Kellen!

Gelsenwolf: (öffnet ein Auge) Dat ich dich besser hören kann ich besser.

Rote Kappe: Boh, Omma samma, wat hasse für Klüsen wie son Truthahn!

Gelsenwolf: (öffnet das zweite Auge) Dat ich dich besser pillern kann ich besser.

Rote Kappe: Boh, Omma samma, wat hasse für Pranken wie so Schüppen!

Gelsenwolf: (hebt die Pfoten) Dat ich dich besser grabschen kann ich besser.

Rote Kappe: Boh, Omma samma, was hasse für ne Mule wie son Scheunentor!

Gelsenwolf: (aus dem Bett springend) Dat ich dich besser vertobacken kann ich besser.

(Der Wolf stürzt sich auf Rote Kappe.)

Gelsenwolf: Dich pfeif ich mich rein.

Rote Kappe: Verdorriiii …

Gelsenwolf: Mampf!

Rote Kappe: …iiii…!

Gelsenwolf: (laut aufstoßend) Geht nix für Fillet.

(Der Wolf legt sich wieder ins Bett und fängt an, überlaut zu schnarchen.)

Der Jäger, ein Gewehr unter dem Arm und ein grünes Hütchen auf dem Kopf, tritt vorsichtig in die offene Tür. Er blickt mit irren Blicken um.

Jäger: Samma, wat geht hier ab?

(Er fasst sich an die Stirn.)

Jäger: Weiß ich doch nich! Sieht aber schwer mau aus.

(Er packt sein Gewehr fester.)

Jäger: Lass uns ma umme Ecke pillern.

(Er tritt ins Zimmer.)

Jäger: Die Olle sägt wie son besoffenen Ratsherrn.

(Er tritt vor das Bett)

Jäger: Ja, wat ham wir denn da?

(Er beugt sich über den schlafenden Wolf)

Jäger: Dat is den Gelsenwolf.

(Er packt sich verwirrt an die Stirn.)

Jäger: Und wat machen wir gez nu?

(Er schaut auf sein Gewehr.)

Jäger: (bestimmend) Wir ballern den voll ein vor den Kattong!

(Er hebt sein Gewehr und zielt auf den Wolf.)

Jäger: Ja, aber, dat können wir doch nich …

(Er senkt sein Gewehr.)

Jäger: (laut) … dat können wir! Du machs mich noch ganz kolone inne Birne.

(Er hebt wiederum sein Gewehr.)

Jäger: Ja, aber die Omma …

(Er senkt erneut sein Gewehr.)

Jäger: (lauter) Alle abknallen!

(Er hält dem Wolf das Gewehr direkt vor die Nase.)

Jäger: (ganz laut) Verdorri nomma, lass mich doch endlich ma ausreden. Da könnt die Omma drin sein, in den Wolf.

(Er schlägt sich das Gewehr aus der Hand.)

Jäger: (kleinlaut) Hasse ja recht. Dann schnibbeln wir den ersma auf und kucken in den seine Därme nach.

(Der Jäger nimmt eine Schere vom Nachttisch und beginnt dem schlafenden Gelsenwolf den Bauch aufzuschneiden. Wie er ein paar Schnitte getan hat, da sieht er das rote Käppchen leuchten, und noch ein paar Schnitte, da springt das Mädchen heraus.)

Rote Kappe: Bor hömma, wat hat ich für ein Muffensausen. War voll zappenduster in den seine Geschlönse!

(Und dann krabbelt auch noch die Omma lebendig aus dem Bauch heraus.)

Omma: (erregt) Meine Pumpe geht auf hundertachtzig, aber … meine Kopppinne sind weg!

Jäger: Und wat machen wir gez?

Omma: Gez machen wir den alle!

Jäger: Wir auch?

Rote Kappe: (jubelnd) Und ich weiß auch schon wie! Brackmänner her!

(Die-mit-die-rote-Kappe-aufen-Kopp eilt nach draußen und holt geschwind große Steine; damit füllten sie dem Gelsenwolf den Leib; danach stellen sie sich grinsend hinter dem Kopfende des Bettes auf.)

Gelsenwolf: (öffnet die Augen) Dat Doppelpack hätt ich mich nich reintun sollen …

(Er steht auf, geht schwankend auf die Tür zu und sinkt in sich zusammen.)

Gelsenwolf: … dat war zuviel Happe-Happe auf eima war dat … viel zu viel zu …

(Der Gelsenwolf ist tot. Der Jäger zieht ihm den Pelz ab.)

Jäger: Fette Beute für uns zwobeide!

Rote Kappe: Hier Omma, hab Pulle Fusel und Stücksken Streusel vonne Mamma.

Omma: Scheiß wat auf den Streusel. Auf den Schreck gibbet ersma Schnappes für alle.

Jäger: Für uns zwo Pinnekes, bitte!

(Sie stoßen miteinander an.)

Funk
MT.

Wie der Schuster ein Doktor ward oder: Warum Bochumer intelligenter sind als Bottroper (Nach einem Märchen von Gottfried Henßen)

Meine Oma war das, was man hier landläufig eine typische Ruhrgebietsfrau nennt: geboren in Bochum-Stiepel, umgezogen nach Gelsenkirchen-Bismarck, als ihr Vater (mein Uropa) dort Arbeit fand, lange gearbeitet in Dortmund-Dorstfeld und schließlich eingeheiratet nach Bottrop-Ebel, das sie in ihrem Rentenalter nur noch verließ, um in Essen-Borbeck ihre Weihnachtseinkäufe zu tätigen. Mit meiner Oma habe ich viele Abende verbracht, um über »die Region« zu diskutieren (was viel spannender war als das Fernsehprogramm damals).

An einen dieser Abende erinnere ich mich noch heute ganz genau. Denn wenn ich jetzt so zurückblicke, hat er mich ganz maßgeblich in meinem weiteren Lebensweg beeinflusst. (Und wenn ich ganz ehrlich bin, leide ich immer noch ein wenig unter dem, was ich an diesem Abend gelernt habe.)

Wir saßen an ihrem Küchentisch, hatten beide eine Tasse Kaffee vor uns und sprachen über das Selbstverständnis des Ruhrgebiets. Ich dozierte über die doch recht einheitliche Entwicklung der Ruhrgebietsstädte zu Ende des 19. Jahrhunderts (als Student der Geschichte an der Ruhruni Bochum sah ich mich als kleine Kapazität im Bereich der Regionalhistorie), wie die Migration aus dem Osten das Bewusstsein hier beeinflusst hat, über den Siedlungsverband und den erwachenden Kommunalverband Ruhr, die dieses Bewusstsein fördern wollten …

Irgendwann unterbrach Oma meinen Redefluss: »Allet Pisselkram! Ich kenn hier Jan und Pit. Mich machste kein X für en U vor. Ich schütt dich ma eben dein Käffken auf.« Aus der großen Kaffeekanne (ein durch ein Gummiband befestigtes kleines Schwämmchen verhinderte, dass auch nur ein Tropfen die Tischdecke beschmutzte) schüttete sie mir die Tasse randvoll, lächelte mich an und hielt, während ich meine Sprachlosigkeit zu überwinden suchte, indem ich die heiße Brühe in meinem Mundraum kühlte, folgenden Vortrag:

»Jedet Kaff hier is den andern Kaff sein Deuvel (was soviel heißen soll, dass im Ruhrgebiet die Bewohner der einzelnen Städte sich untereinander nicht mögen)! Jedet Kaff hier glaubt, dat et de Intellenz mitten Holzlöffel gefressen hat und die andern total meschugge sind (was soviel heißen soll, dass im Ruhrgebiet jede Stadt glaubt, die beste Infrastruktur zu haben, und eifersüchtig darauf achtet, ob die anderen Städte irgendwelche Fortschritte machen)! Bochum is natürlich die klügste! Meinze, warum die da ne Unität ham. Und die dümmste … Bottrop is die dümmste! Bottrop isset!« (An dieser Stelle unterbrach ich entsetzt meine Kühlungsversuche, weil ich selbst Bottroper bin und die Bochumer gar nicht intelligenter als uns Bottroper fand – eher das Gegenteil!) Und dann erklärte Oma mir, dass Oberhausen, Wanne-Eickel und Gelsenkirchen ein wenig klüger seien als Bottrop; Essen, Dortmund und Herne allerdings viel, viel klüger, aber eben lange nicht so klug wie Bochum.

Inzwischen hatte ich alles heruntergeschluckt und war bereit, ihre These durch eine auf historischen Fakten fußende Argumentation zu widerlegen. Geschickt schüttete Oma mir Kaffee nach, doch diesmal war ich auf der Hut: Ich trank ihn nicht sofort, ich pustete ihn erst kalt. Und dann legte ich los … mit Belegen, Zitaten und haarscharfen Folgerungen. Mein Vortrag mündete programmatisch in dem Satz:

»Bottrop is mindestens genauso intelligent wie Bochum, dat beweist die Geschichte. Bottrop isset nich!«

Ich nippte vorsichtig an meiner Tasse, wartete ganz gespannt auf Omas Reaktion.

»Männeken, du hass ja so recht! Dat kommt alles nur von die Geschichte.« Und dann legte sie los.

Während der nächsten halben Stunde kühlte ich unaufhörlich meinen Mundraum, hörte gebannt zu und wusste nachher: Mit der Geschichte (es ist wohl eher eine Art Märchen) hatte meine Oma mich besiegt.

Es lebte einmal in Bochum in recht ärmlichen Verhältnissen ein Flickschuster namens Heimchen. (Den für die Region ungewöhnlichen Namen rechtfertigte meine Oma damit, dass dieser Mann aus dem Südschwarzwald eingewandert sei; ich glaube aber eher, dass sie ihn deshalb wählte, um das Märchen am Schluss auflösen zu können.) Als er eines Tages gar noch kränklich wurde und ihm die Arbeit nicht mehr so gut von der Hand gehen wollte wie in gesunden Tagen, da fehlte es bald am Nötigsten im Hause. Seine Frau riet ihm, er solle einen Arzt aufsuchen; aber davon wollte der Schuster zunächst gar nichts wissen, weil er einen Doktor bis dahin nur vom Hörensagen kannte. Erst als die Frau mit Bitten gar nicht nachließ und ihm ständig in den Ohren lag, sie habe keine Lust mit dem Bettelstab über Land zu ziehen, raffte Heimchen sich auf und machte sich scheltend und brummend auf den Weg zum Arzt.

Er staunte nicht wenig über das prächtige Haus des Doktors auf der Königsallee. (Ich bin mir nicht ganz sicher, ob es diese Prachtstraße zur Märchenzeit schon gab oder ob meine Oma hier lediglich ihre Bochum-Erfahrungen hat spielen lassen.) Heimchen zögerte kurz, trat dann ein, neugierig, was mit ihm geschehen werde. Nun hatte der Doktor gerade viel zu tun und machte mit dem neuen Kranken wenig Aufhebens: Er ließ sich die Zunge zeigen, fühlte den Puls, stellte einige Fragen und verordnete eine Arznei; für das Rezept aber ließ er sich zehn Tacken zahlen.

Wie Heimchen nach Hause kam, hielt er das Papier seiner Frau unter die Nase: »Kumma, für dat Gekrickel hier hat der sich glatt zehn Tackens aufen Zahn gezogen. Ich werd auch son Doktor. So fix kannze nirgendswo deine Kohle machen! Brauchs nur son paar Dumme, die für dat latzen.«

Nun hörte er in Bochum herum, wo in der Umgegend denn die dümmsten Leute lebten. Alle, die er fragte, wiesen ihn auf einen bestimmten Ort im Norden, an der Grenze zum Münsterland. Dort lebten Menschen, die in ihrer Dummheit von niemandem übertroffen würden. Und so war der Flickschuster schnell mit sich und seiner Frau einig:

»Bottrop isset!«

Sprach's, suchte seine letzten Tacken zusammen, packte seine wenigen Sachen und seine Frau und mietete für das Geld ein Zimmer in Bottrop auf der Randebrockstraße (Das ist heute die teuerste Wohngegend in der ganzen Stadt.) und ließ sich ein Schild anfertigen mit den großen Buchstaben darauf:

Docktor von alle Wissenschaft.

(Das Wort »Docktor« buchstabierte meine Oma in allen Einzelteilen, wobei sie beim rechtschreiblich falschen C wissend nickte.) Das Schild hängte Heimchen über seine Haustür.

Es verging kein Tag, da stellte sich schon die erste Kundschaft ein: Einem Ratsherrn war das beste Pferd aus dem Stalle gestohlen worden. Auf der Suche danach war er mit seiner Kutsche zufällig an dem neuen

Doktor vorbeigefahren. (Meine Oma fügte hier ein, dass es sich wahrscheinlich um einen SPD-Ratsherrn gehandelt haben müsse, da diese es sich aufgrund ihrer profitablen Tätigkeit als Einzige leisten könnten, mit Kutschen durch Bottrop zu fahren.) Als er auf dem Schild die vier Worte las, ließ er seinen Kutscher halten, begab sich zu Heimchen und erzählte ihm sein Missgeschick. Der Doktor setzte eine wichtige Miene auf, kritzelte ein Stück Papier mit Häkchen und Strichen voll, so, wie er es bei dem richtigen Doktor gesehen hatte, und sprach: »Ab damit inne Apotheke; dann is den Kasus Kacktus ruckzuck ausse Welt.«

Der Ratsherr dankte und legte zehn Tacken auf den Tisch, versprach auch, wenn er sein Pferd wiederbekäme, ihm weiteren Lohn zu senden, und fuhr darauf bei der Alten Apotheke vor (die in einem wunderschönen Gebäude mitten in der Bottroper Innenstadt residiert). Der Apotheker betrachtete den Zettel von allen Seiten und dachte insgeheim: Wat is dattenn für ein Kokolores? Weil er sich aber den Verdienst nicht entgehen lassen wollte, gab er seinem Kunden ein harmloses Abführmittel mit auf den Weg.

Nun war der Ratsherr recht begierig, die Arznei zu erproben, und er nahm davon zu sich, sobald die Apotheke hinter ihm lag. Es dauerte nicht lange, da begann das Mittel zu wirken, und wie nun der Wagen sich der Emscherbrücke näherte (Stadtgrenze Essen; heute an der A 42), ließ der Herr den Kutscher halten und stieg schnell aus. Wer beschreibt sein Erstaunen, als er die Böschung hinabeilte und unter der Brücke das Pferd versteckt fand, das ihm gestohlen worden war! – »Den Doktor is en Schaluppi!«, sprach der Ratsherr zu sich und schickte am folgenden Morgen den Kutscher mit weiteren 20 Tacken zu dem klugen Manne.

Als der er aber wenige Tage darauf zu Gast im Rathaus war, , erzählte er dem Bürgermeister sein wunderbares Erlebnis. (Bürgermeister bedeutet, dass die Stadt zu dieser märchenhaften Zeit noch nicht kreisfrei gewesen sein kann, denn sonst hätte es ein Oberbürgermeister sein müssen, den Heimchen besuchte. Somit ist jede Ähnlichkeit mit den Bottroper Oberbürgermeistern Wilczok, Knorr, Schmitz, Kreul, Löchelt, Nötzel und Tischler unmöglich.)

»So ein könnt ich gut gebrauchen«, sagte der Bürgermeister. »Hab schwer Stunk inne Bude. Meine Olle is son echt happig teuret Stück von

Ring hier irgendswo verschüttgegangen.« (Noch eine notwendige Anmerkung: Meine Oma war fest davon überzeugt, dass die Bottroper Stadtherren mitsamt ihren Frauen im Rathaus wohnen, so, wie Könige mitsamt ihren Mätressen einem Schloss.)

Der Bürgermeister ließ sich die Wohnung des Mannes angeben und schickte Heimchen Bescheid, er möge sich alsbald im Rathaus einfinden, es gebe Arbeit für ihn.

Der Schuster war über die Botschaft nicht wenig erfreut; nachdem er sich mit dem Geld des Ratsherrn genügend herausgeputzt hatte, hoffte er weiter auf sein Glück.

Bei seiner Ankunft wurde er gleich vor den Bürgermeister geführt. Der reichte ihm gnädig die Hand und erzählte ihm, um was es sich handelte; dann ließ er den klugen Mann in ein besonderes Gemach führen, damit er sich zunächst einmal an Speise und Trank erlabe.

Unser Doktor schaute sich in dem prächtig eingerichteten Zimmer zufrieden um und setzte sich dann an den Tisch in froher Erwartung der guten Dinge, die da kommen sollten.

Wie nun die erste Schüssel vor ihn hingestellt wurde, sagte er laut: »Jau, dat is der erste!« – Er meinte damit den ersten Gang der Mahlzeit; der Stadtdiener aber, der die Schüssel auftrug, hatte mit noch zwei anderen den Ring gestohlen und glaubte jetzt, der Doktor meine ihn, den Dieb. (Meine Oma wies an dieser Stelle weit von sich, dass sie damit behaupten wolle, im Bottroper Rathaus gäbe es unter den Stadtdienern etwa Diebe.) So eilte er schnell hinaus und sagte zu seinen Komplizen: »Verdammte Hacke! Den Sausack hat gedibbert, dat ich den Ring von die Olle von den Präses geklemmt hab.«

Nun ergriff der zweite Stadtdiener das nächste Gericht und stellte es vor den Doktor hin; der aber rief bei seinem Anblick fröhlich aus: »Bor, dat is der zweite!« – Der Dieb schrak zusammen und machte schleunigst, dass er aus des Wundermannes Nähe kam. Draußen aber flüsterte er seinen Spießgesellen zu: »Wir sind voll inne Uhr! Auch mich hat der Sausack gedibbert.«

Jetzt sollte der dritte die nächste Schüssel auftragen. Der wollte erst nicht; schließlich, als er nach langem Sträuben das Zimmer betrat, frohlockte der Doktor: »Verdorri, dat is der dritte!« – Der Stadtdiener wurde kreidebleich vor Schreck und wusste in seiner Verwirrung kaum die Tür zu finden. Als er nun wieder glücklich bei den anderen war, sagte er:

»Wat nu?«

Sie überlegten eine Zeitlang hin und her; schließlich traten alle drei vor den Doktor hin, gaben ihm den Ring und versprachen ihm 300 Tacken, wenn er seinen Mund hielte und sie nicht um Amt und Einkommen brächte.

Heimchen sicherte ihnen Verschwiegenheit zu, und als sie nun das Geld gebracht und das Zimmer wieder verlassen hatten, brach er von dem Brote, das auf dem Tisch lag, ein Stück ab und steckte den Ring da hinein. Dann öffnete er das Fenster und warf das Brotstück einem Truthahn zu, der auf dem Rathausplatz einherstolzierte.

Nachdem er noch beobachtet hatte, wie dieser das Brotstück samt dem Ring herunterschluckte, nahm er wieder Platz, lehnte sich befriedigt in seinen Sessel zurück und sprach zu sich:

»Fettich!«

Er brauchte auch nicht lange zu warten, da wurde er zum Bürgermeister gebracht, der ihn sofort fragte:

»Wat is?«

Der Doktor erwiderte: »Alles im Lack, Hochwürden!« (Einem Nicht-Bottroper mag diese Anrede vielleicht etwas vermessen klingen, aber meine Oma hat sie ganz bewusst eingesetzt; denn bei uns im Rathaus lassen sich Sachbearbeiter als übernatürliche Wesen, Amtsleiter als Erzengel und Bürgermeister als Gott verehren.)

Heimchen führte den Bürgermeister ans Fenster.

»Kumma da unten, den Ömmes von Flattermann! Der hat sich dat Teil reingepfiffen. Runkel ab, und schon kein Knies mehr mit die Olle.«

Der Truthahn wurde getötet und der Ring in seinem Kropfe gefunden. Der Bürgermeister war darüber hocherfreut und ließ dem weisen Manne tausend Tacken auszahlen.

Dann aber wurde auf sein Geheiß eine verdeckte Schüssel ins Zimmer getragen, und er sprach zu dem Doktor: »Gez noch einen! Bisse son echten Doktor von alle Wissenschaft, kannze auch rausklamüsern, wat in den Pott hier drin ist. Für dat krisse noch tausend Tackens. Wenn nich, Kohle futschikato!«

Da sah der Doktor all seine Felle wegschwimmen, und in Gedanken daran, dass er bald wieder in Bochum als Flickschuster arbeiten müsste, stützte er sorgenvoll den Kopf in die Hand und sprach:

»Heimchen, Heimchen, wat nu?«

»Jau«, sagte der Bürgermeister, »dat is drin!« – Damit hob er den Deckel auf, und ein Heimchen hüpfte aus der Schüssel. Er ließ dem Doktor nochmals tausend Tacken auszahlen, und dieser strich sie schmunzelnd ein und machte sich mit all seinem Geld auf den Heimweg.

Wie er nun zu Hause ankam, warf er die vollen Beutel klirrend auf den Tisch und sagte zu seiner Frau:

»Bottrop isset!«

Der Eisenfresser (nach einem Märchen von Heinrich Kautz)

Es gibt vielerlei Riesen. Der eine frisst Menschen, der andere mag nur Schafe. Im Lande der Riesen war aber auch mal einer, der hatte einen Feuermagen, wollte gar nichts anderes essen als Eisen und wurde deshalb Eisenfresser gerufen. Weil es aber bei ihm zu Hause nur sehr wenig von diesem Metalle gab, machte er sich auf den Weg und zog in die Welt. –

So kam er hinter dem Siebengebirge in das Land der Westerwälder Zwerge. Oh, da gefiel es ihm gut. Denn nun konnte er sich doch endlich satt essen. Die Zwerge hatten alle Hände voll Arbeit, den Nimmersatt zu befriedigen. Töpfe, Pfannen, Pflüge und Harken, mit all dem mussten sie den Riesen füttern. Als der begann, ihre Gartenschüppen samt hölzernem Stiel zu verspeisen, waren die Zwerge es endlich leid und beschlossen, den Westerwald zu verlassen und erst wiederzukommen, wenn der Riese weitergezogen wäre.

So geschah es auch. Acht Tage wartete der Riese, dann machte er sich auf den Weg und zog weiter. Weil er jedoch fast nirgends Ordentliches zu fressen fand, wurde er bald so mager wie ein Fisch. –

Eines Tages begegnete ihm ein Dampfkessel.

»Wo gehste?«, fragte Eisenfresser.

»Auf Schicht«, pfiff der Dampfkessel und klopfte sich vergnügt auf den Deckel.

»Wat malochste?«

»Ich bring dat Wasser bei Hoesch am kochen«, sagte der Dampfkessel nicht ohne Stolz. »Denn wennet aufen Platz nich dampfen tut, krisse die Maschinen nich inne Gänge. Und wat is mit dich?«

»Such wat zu dubbeln«, sprach der Riese. »Hab schon drei Wochen nix mehr Richtiget aufe Gabel gekricht und kriech aufen Zahnfleisch. In mein Magen läuft nur wat ab, wenn ich son richtiget Stück Eisen verdrücken tu. Am leckersten is, wenn durchgerostet. Ich heiß Eisenfresser; echte Kumpels sagen aber Eisi für mich.«

»Watten Mist«, sagte mitleidig der Dampfkessel. »Für son Eisenteil muss ne Omma lange für stricken. Wat hasse aber auch für ein schäbbiges Gedärm! Wenn ich mir son Dingen reinpfeifen täte, dann könnze mich in Stückskes vonne Wand pusseln.«

»Kumma hier!«, entgegnete der Riese und sperrte sein Maul auf.

Hu, was für ein sonderbarer Magen! Darin war es weiß vor Glut, und eine Hitze strömte hervor wie aus der Hölle.

»Armen Eisi«, meinte der Dampfkessel mitleidig. »Wie krich ich dich nur wieder aufen Damm?«

Und die beiden machten sich auf. Leise pfeifend rollte der Dampfkessel daher, und schweigend trottete der Riese neben ihm her.

»Vielleicht kannze ja auf unsern Schrottplatz anfangen. Da liegt son Haufen von so Dingens rum und is am rosten«, meinte schließlich der Dampfkessel.

»Wattenn für Dingens?«

»So olle Eisenwämmser, vermatschte Räder, Schraubengedöns, verdötschte Rohre, Stückskes von so olle Schienen und noch ne Masse andern verrosteten Pisselkram.«

»Wenn meine Lauscher sowat auffangen, krich ich sofort ganz schwer Kohldampf!«, schmunzelte Eisenfresser und klopfte sich vergnügt auf den leeren Magen. »Lass gehen und mach vorran!« –

Als der Dampfkessel mit Eisenfresser bei Hoesch ankam, blieben die Arbeiter vor Staunen stehen und sperrten Augen und Mund auf.

»Wat für ein Kawenzmann!«, rief ein kleiner Lehrjunge und trat dem Eisenfresser in die Seite.

»Ey, mach mein Kumpel nich an, sonz kriss ein aufe Zwölf, oder wat!«, pfiff daraufhin der Dampfkessel gefährlich.

Da näherte sich Direktor Leopold Hoesch.

»Hömma, Dampfkessel«, sagte der und strich sich den Schnurrbart, »wat für ein Lulatsch hasse denn da bei dich bei?«

»Herr Direktor, dat is mein Kumpel, den Eisi. Kannze den nich auf unsern Schrottplatz einsetzen; der tut nämmich nur son Eisenzeuchs vertobacken«, bettelte der Dampfkessel.

»Ey, Langen, tusse beißen?«, fragte Herr Hoesch den Eisenfresser.

»Ich tu nich beißen, ich brauch wat zu beißen«, antwortete der Riese. »Könnse mich nich ma ne Woche so auf Probe nehmen?«

»Meinzwegen«, entschied Herr Hoesch und zeigte ihm den Schrottplatz.

Diese Freude! Endlich bekam Eisenfressers Magen wieder Ruhe. –

Nach einer Woche schaute der Direktor vorbei. Gerade gähnte Eisenfresser so heftig, dass man in seinem Magen das weiße, flüssige Eisen sehen konnte.

»Verdorri«, rief Herr Hoesch, »dat heiße Teil wär echt schwer profitlich für mein Betrieb! Dat kann uns fein Eisen schmelzen.« Er fragte darum den Riesen: »Eisi, willze hier auf Dauer malochen?«

»Wenn ich dat darf, dann hau ich rein wie Ferkes ein Willem«, sagte der Riese hocherfreut.

»Meinzwegen kann für ewig und ein Tach hier bleiben, muss aber unser Eisen schmelzen.«

»Geht klar, Chef!«, rief Eisenfresser, drehte sich um und machte sich sofort an die Arbeit.

Seit dem Tage arbeitet auf dem Schrottplatz von Hoesch der Riese mit dem Feuermagen und isst und schmilzt das Eisen. Manchmal sind aber auch noch Steine und Kohlen in dem Eisen. Das mag der Riese nicht, die spuckt er aus. Wenn aber das Eisen in seinem Magen gar ist, so dünn wie Wasser und so golden wie Butter, dann kommen die Arbeiter mit Pfannen und Kesseln, und der Riese spuckt alles Eisen hinein. Aus dem geschmolzenen Eisen werden Räder, Platten, Wagen und tausend andere Sachen gemacht.

Die Arbeiter aber nehmen sich vor dem Riesen fein in acht. Sie ärgern ihn nie, denn wenn er böse würde, müssten sie sich von ihm fressen lassen und würden so elend verbrennen …

M.T.

Wunder gibbet immer wieder

Das letzte Märchen in dieser Sammlung scheint auf den ersten Blick nicht von früher zu sein, sondern von heute. Es hat aber eine ganz eigene Geschichte und ist schon sehr alt. In seiner Urfassung wurde es damals, als die Märchen ins Ruhrgebiet gelangten, auf dem Marktplatz von Dinslaken vorgetragen – von einer Mutter, deren krankes Kind auf wundersame Weise geheilt worden war. Generationen, die es weitererzählten, haben es immer wieder verändert und ihren Zeitumständen angepasst. Bis heute, denn ich habe es gehört, als ich auf der Kinderstation des Klinikums in Essen meinen kleinen Neffen besuchte.

Sonntag: Wohl eine Fliege im Zimmer. Sven war aufgewacht, weil dauernd irgendwas an seinem Kopf vorbeibrummte. Eigentlich wollte er gar nicht mehr wach werden, und er hatte schon überhaupt keine Lust, die Augen zu öffnen.

Jetzt war es wieder still. Kein Brummen mehr zu hören.

Als er noch mit den anderen zusammengelegen hatte, war es manchmal ganz lustig gewesen. Wenn sie darüber stritten, wer von ihnen nun die wenigsten Haare auf dem Kopf hatte oder wie sie Schwester Margret am besten ärgern könnten.

Einmal hatten die anderen nur den halben Teller leer gegessen, und der ganze Rest wurde auf Svens Teller gepackt. Als die Margret dann kam und abräumen wollte, war sie fast explodiert: »Männeken, ich geh hier nich eher raus, bisse dat alles ratzekal aufgefuttert hass!« Doch als sie bemerkte, dass auf Svens Teller viel mehr drauf war, als sie vorher reingebracht hatte, da hatte die Margret ganz laut gelacht. »Männeken, du brings mich wirklich noch unter de Erde!«

Auch an die komischen Maschinen war er nicht mehr gefesselt. Die tickerten und tackerten immer so. Da konnte er richtig mitzählen: Eins, zwei, drei, tick; eins, zwei, drei, tack. Manchmal hatten sie ihm sogar in den Schlaf geholfen.

Vor einer Woche war er auf ein Einzelzimmer gebracht worden. »Du brauchs ma so richtig Ruhe«, hatte die Margret gesagt. »Männeken, futter en Happen mehr, dann bisse bald wieder topsfit und bei die andern.«

Es brummte wieder. Scheiß Fliege! Er wollte schlafen! Ruhe!

Dann war Ruhe. Jetzt war sie wohl irgendwo gelandet, klappte bestimmt gerade ihre Flügel zusammen.

Ob sie ihn wohl beobachtete? Oder ob sie sich putzte? Putzen sich Brummer eigentlich? Oder machte sie sich gerade fertig für einen neuen Angriff: Achtung, fertig, los! Feindlicher Anflug auf Svens Nase!

Vielleicht doch besser ein Auge auf und ausspähen.

Die Fliege war riesengroß! Bestimmt so groß wie der Teddy, den er im letzten Jahr zu Weihnachten bekommen hatte. Oder noch größer! Sie hockte direkt neben seinem Kopf auf dem Nachttischchen. Und riesengroße Augen hatte die. Und die glotzten ihn an.

»Ey Kumpel, ich bin Ruppi. Bin durch dat Oberlicht rein. Und wie heißt du?«

»Sven.«

»Töfften Name. So möcht ich auch heißen.«

»Ja?«

»Wat is, Kumpel Sven? Machs en Gesicht wie wenne Kohlen einschöppen sollz.«

»Ich bin fast kaputt.«

»Kaputt! Kaputt! Von meine Sorte gibbet welche, die ham nur ein Tag für dat ganze Leben. Aber die kucken nich so traurig ausse Wäsche wie du.«

»Alles großen Mist!« Sven drückte sein Gesicht in die Kissen und konnte nicht verhindern, dass ihm einige Tränen die Wagen hinunterflossen.

»Kumpel Sven! Wer flennt, der pennt. Komm, wir drehen ne Runde!«

»Würds auch heulen, wenne aussiehs wie son Klappergestell und nimmehr aussen Bett rauskannz.«

Das saß! Ruppi hielt endlich den Rand. Jetzt konnte er wieder die Augen zumachen und schlafen.

»Hömma, Kumpel Sven! Lass uns draußen ne Runde drehen.«

»Wenn ich aus mein Bett steig, dann kipp ich ausse Latschen! Verstehste dat nich, du ollen Brummer!«

»Brauchs nich zu gehen! Wir fliegen!«

»Fliegen?«

»Klar! Fliegen fliegen. Wusstesse nich?«

Mit einer Fliege fliegen? Geflogen war er noch nie. Einer aus dem alten Zimmer war schon mal mit seinen Eltern nach Mallorca gedüst.

»Hömma, Kumpel Sven! Ich komm morgen Abend vorbei und wir fliegen ne Runde. Abgemacht?«

Montag: »Männeken, heut gibbet wat ganz, ganz Leckeret. Pommes-Majo-Currywurst.«

Die Margret kam hereinspaziert und stellte den großen Teller direkt vor seine Nase. »Wenn ich wiederkomm, hasse dat alles intus.«

Margret sollte mal lieber Fieber bei ihm messen. Gestern hatte er schon von einer sprechenden Fliege geträumt, die größer als ein Teddybär ist und die mit ihm einen Rundflug machen will.

Sven matschte lustlos in den Pommes herum. Vielleicht könnte er das ganze Zeugs irgendwo verschwinden lassen. Dann wäre wenigstens die Margret glücklich.

»Hm, lecker Bottroper Schlachtplatte! Könnt ich ma en Häppken abham, Kumpel Sven?«

Ruppi saß auf dem Tischchen neben ihm und ihn glotzte hungrig an.

»Wat willz du denn hier?«

»Ers den Teller und dann die Platte putzen.«

Sven reichte Ruppi die ganze Portion rüber. Sah richtig putzig aus, wie der Brummer die Pommes-Majo-Currywurst mampfte.

Ruppi futterte ruckzuck genau die Hälfte weg.» Und gez du!« –

Sven schob sich gerade das letzte Wurststückchen in den Mund, da klopfte es an der Tür.

»Die Margret! Mach en Sittich, Ruppi!«

»Männeken! Den ganzen Teller aufgefuttert! Gez wird den Lorenz die nächsten Tage aber ballern.« –

»Mensch, dat war knapp.« Ruppi krabbelte unter dem Bett hervor. »Aber gez ab die Post.«

Und wupp, wurde Sven gepackt und landete, ehe er sich versah, mit einem Salto auf dem Fliegenrücken.

»Aufi!«

Und wusch, sauste Ruppi mit ihm durchs Oberlicht, schraubte sich hoch wie ein Hubschrauber, bis das Krankenhaus nur noch ein dunkler Fleck auf einem grünen Teppich war.

»Wat is dat da unten.«

»Den Rhein-Herne-Kanal.«

»Und den Berg da?«

»Ne Halde.«

Zwanzig Minuten später grinsten die Flutlichtmasten eines Fußballstadions sie an. Ruppi ging auf Sturzflug und tauchte durch einen Lüftungsschacht in eine große Halle ab.

»Hier läuft die Weltmeisterschaft vonne Lokomotiven!«

Und schwupps, saßen sie auf der Schulter einer zweibeinigen Lok, die auf Rollschuhen über den Parcours raste.

»Dat ist Rusty, meine Lieblingslok. Aufi!«

Eine protzige Diesellok kam ihnen entgegen, wollte sie rammen; doch Sven und Ruppi verlagerten blitzschnell ihr Gewicht, so dass Rusty ausweichen konnte und als Erster durchs Ziel sauste!

»Wir sind Weltmeister!«

»Dat is für dat, dat du mir geholfen hass«, schnaufte Rusty, schnallte einen Rollschuh ab und gab ihn dem Jungen. Dann kniff die Lok ihm Äugschen und drehte mit ihnen eine einbeinige Ehrenrunde.

Dienstag: »Heute düsen wir mit sonne echte Lok los.«

Ruppi war eingeflogen, als Sven gerade den letzten Löffel Schoko-Pudding in sich hineinschaufelte.

Nachdem die Margret das Geschirr weggeholt hatte, flogen sie zu einem großen See und dann an einem Fluss entlang; von dem erzählte Ruppi, dass er der ganzen Region hier den Namen gegeben habe. Schließlich stoppten sie über einem Städtchen. Mit seinen engen Gässchen sah es von oben aus wie ein Irrgarten. Sie landeten genau auf dem Kohlenwagen einer großen Dampflok.

»Bahnhof Hattingen! Allemann einsteigen!«

Ein Pfiff, und es ging los.

»Dat is ne olle preußische T 8, ne Schlepptenderlok; die dampft gez durch dat Ruhrtal«, rief Ruppi.

Der Zug hielt schließlich unterhalb einer Burg. Sie flogen kurz auf einen der Wehrtürme und konnten nun die ganze Gegend überblicken.

»Boh, wat is dat schön!«

Bei der nächsten Station stiegen sie aus und kehrten in einer kleinen Gaststätte ein. »Haus Herbede« las Sven auf einer großen hölzernen Tafel, die über dem Eingang angebracht worden war.

Ruppi besorgte Cola und erzählte Sven, dass es viele wunderliche Geschichten gebe über all die Herzöge, Grafen und Burgfräuleins, die hier mal auf Besuch gewesen seien, und dass das Haus schon fast 700 Jahre alt sei.

»Woher weisse dattenn?«

»Steht auf den Bierdeckel von die Kneipe hier.«

Mittwoch: Heute ging es zu einer alten Zeche, nur zwei Autobahnkreuze vom Krankenhaus entfernt. Schon von weitem erblickte Sven einen riesigen vierbeinigen Eisenturm, auf dem in schnörkeliger Schrift »Zollverein« stand.

»Für wat sind die großen Räder da?«, fragte er.

»Ich kenn einen, der hat schwer Kenne davon.«

Ruppi drehte drei Runden um den Turm und flog dann in einen Raum mit vielen Hebeln und einem großen grauen Kasten. Dort trafen sie einen netten alten Mann. Der hatte einen weißen Helm auf dem Kopf und erklärte ihnen alles:

»Über die Räder laufen ganz dicke Seile, und dadran hängt sonne Art Fahrstuhl. Früher hat der die Kohle hochgeholt und die Leute, die da ganz tief unten gebuddelt ham.«

»Und gez?«, fragte Sven.

»Der Pütt is dicht.«

»Können wir nich ma …?«

Der alte Mann lächelte, öffnete die Tür des Fahrstuhls, setzte ihnen einen weißen Helm auf; es klingelte, und ratter und knatter sausten sie in die Tiefe.

Unten war eine große Halle, fast so groß wie die, in der sie mit Rusty rumgesaust war en. Ein paar verrostete Wägelchen standen herum, ganz mit dicken Kohlen beladen, und es roch irgendwie nach faulem Wasser.

Dann klingelte es auch schon wieder, und ratter und knatter sausten sie wieder nach oben. –

Als Schwester Margret spät ins Zimmer hereinschaute, blickte sie erstaunt auf den Jungen, der mit einem Rollschuh, einem Bierdeckel von »Haus Kemnade« und einem Stück Kohle im Arm sanft schlief.

Donnerstag: Heute unternahmen sie ihren längsten Flug. Über »Zollverein« hinweg ging es immer entlang einer Autobahn. Ruppi legte zwischendurch an einem Fluss eine kurze Pause ein, um ein Schlückchen Wasser zu trinken und Sven eine Maschine zu zeigen, mit der man große Schiffe heben konnte. Dann ging es weiter zu einem kleinen See.

»Und? Wat is dat?«, fragte Sven.

»Dat is Lünen-Cappenberg. Hier is den berühmten Matschplatz!«

»Wat für ein Platz …?«

Einige Minuten später wusste Sven genau Bescheid: Der Matschplatz war ein Platz mit viel Matsche, auf dem sich nach Herzenslust rumtoben ließ – mit und in Matsche natürlich.

Die Margret bekam abends fast einen Schock: Da lag ein schlafender Junge im Bett, den sie vor lauter Matsche kaum noch als ihr Sorgenkind erkennen konnte; und auf der Heizung trocknete ein nasser Klumpen Erde vor sich hin.

Freitag: »Dat is voll doll!«

Sie standen oben auf einem Turm, der wie eine riesengroße Blechbüchse aussah.

»Dat is den Gasometer. Da wurd früher ma Gas eingesammelt«, erklärte Ruppi.

»Und daneben dat?«

»Dat is dat CentrO. Da werde Tackens eingesammelt.«

»Wat?«

»Da kannze schoppen.«

»Hasse Tackens?«

Samstag: Sven drehte die HiFi-Stereoanlage leiser und wischte sich die letzten Krümel der großen Frikadelle, die er gerade in sich hineingeschoben hatte, vom Mund ab, als die Margret mit einer ganzen Herde bebrillter, weißbekittelter Ärzte in sein Zimmer kam. Die stellten sich um sein Bett auf, sahen ihn mit offenen Mündern an und murmelten vor sich hin, als wenn ihnen der liebe Gott das laute Sprechen verboten hätte.

Sven grinste sie an und hoffte, dass sie nicht unter dem Bett nachschauen würden, wohin sich Ruppi mit einem Bauchfletscher und einer Frikadelle gerade noch rechtzeitig hingerettet hatte.

Ein Arzt, der wie der alte Bergmann auf »Zollverein« aussah, griff schließlich sanft Svens Arm, fühlte den Puls, schaute ihm tief in die Augen und klopfte ihm auf die Rippen. »Hat wieder orntlich Fett angesetzt«, murmelte er so laut, dass sogar Sven es verstehen konnte.

»Der hat heute sechs Frikadellen verputzt … und vier Portionen Appelkompott«, japste Schwester Margret.

»Et is en Wunder!« – Jetzt hatten alle ganz laut gemurmelt.

»Ich glaub, wir könn et versuchen!«

Der Bergmann-Arzt tätschelte Sven die Wangen und trabte mit seiner Herde aus dem Zimmer hinaus …

… in das die Margret zwei Sekunden später wieder hereinstürzte.

»En Wunder! En Wunder!« Sie packte Sven, hob ihn aus seinem Bett und tanzte mit ihm durch den Raum. »En Wunder! En Wunder! Du komms wieder bei die andern! «

»Eine Bedingung!«

»Wat für eine?«

»Ich will meine ganzen Pisselotten mitnehmen. Hol ne große Kiste!«

Sonntag: Die Leute im Krankenhaus bekamen Stielaugen. Da schob doch eine Krankenschwester einen rotbäckigen Jungen in einem Rollstuhl mit einem Affenzahn durch die Flure; und beide sangen lauthals: »Wunder gibbet immer wieder!«; und der Junge schwang dazu im Takt einen großen Karton … und wenn die Leute noch in den großen Karton hätten reingucken können, dann wären ihre Stielaugen noch viel größer geworden. Darin verbargen sich nämlich: ein Rollschuh, ein Bierdeckel, ein Stück Kohle, ein getrockneter Klumpen Matsche, eine brandneue Hi-Fi-Stereoanlage, zehn Frikadellen und ein riesengroßer Brummer.

Ruhrgebietsdeutsch: Die Sprache des Märchens

Magisch, vieldeutig, schöpferisch sind die elementaren Kennzeichen der Sprache des Märchens. Schöpferisch, vieldeutig, magisch sind die elementaren Kennzeichen der Ruhrgebietssprache. Die Gleichungen sind lange bekannt, und so ist es in der sprachwissenschaftlichen Forschung seit Jahrzehnten ein offenes Geheimnis (das allerdings niemand auszusprechen sich traut): Ruhrgebietsdeutsch ist die Sprache der Märchen.

So stammen die Bezeichnungen für das gesamte Gattungspersonal aus unserer Region, sind erst mit der hochsprachlichen Eindeutschung der Brüder Grimm durch allgemeine – aber bei weitem nicht mehr so märchenhafte – Begriffe ersetzt worden. Die *böse Schwiegermutter* wurde ursprünglich völlig treffend *olle Bratze* tituliert, ein *Bauer* war ein *Bollo* oder *Bollerkopp*, *Riesen* waren *Brackmänner* und *Zwerge* ausschließlich *Mickermänner*. Der *Arme* nannte sich *Klüngelspitt*, der *Reiche* selbstverständlich *Pattenpapst*. Das ruhrgebietsdeutsche Ursprungswort für einen *Märchenprinzen* ist *Flabes*, sein Vater, der *alte König*, war der berühmte *Dadderich*. Die *Prinzessin* trat – klanglich und in der prägnanten Kürze unübertroffen – als *Ische* auf. Ja, selbst der literarische Terminus *Märchen* ist lediglich ein Grimm'sches Kunstwort, lautmalerisch etwas dürftig abgeleitet vom ruhrdeutschen *Pläuschken*.

Bis ins späte achtzehnte Jahrhundert hinein begannen alle Märchen mit *Waamaa soo dat …* Niemand benutzte *Es war einmal …* Und wenn Kinderaugen mit Hochglanz den Vater anschauten und von ihm wissen wollten, wie denn die spannende Geschichte, die er gerade erzählt hatte, in Zukunft weitergehe, dann hielt er für seine Zuhörer einen allerletzten großen Höhepunkt bereit: *Und sein se nich kapott, dann kratzen sich anne Fott.*

Die meisten der heutzutage allgemein bekannten Märchenverse glänzten im ruhrsprachlichen Original in anderer Fassung.

Die guten ins Töpfchen,
die schlechten ins Kröpfchen.

Bekanntlich lautet es im »Schmierläppken« kunstvoll:

Die guten innen Pott,
Die schlechten aufen Schrott.

Nicht viel Arbeit machten sich die Grimms bei »Hänsel und Gretel«.

Knusper, knusper, knäusken,
wer am knuspern an mein Häusken?

Da kann es bei ihnen nur wenige Minuten gedauert haben bis zu:

Knusper, knusper, knäuschen,
Wer knuspert an meinem Häuschen?

Komplizierter ist es beim »Schneewittchen«, in dem es heißt:

Spieglein, Spieglein an der Wand:
Wer ist die Schönste im ganzen Land?

Hier muss es weitere Einflüsse gegeben haben, vielleicht sogar aus dem arabischen Raum, denn in Ruhrdeutsch lautet es so ganz anders:

Wenn ich mich ma so bekucke:
Bin ich heute widder schnucke!

Zum Schluss noch ein Beispiel aus dem Spätwerk der Grimms, das einerseits verdeutlicht, wie schöpferischer Geist verglimmt, das andererseits die Magie der Urfassung eindrücklich unter Beweis stellt.

Grimm:

Heute back ich, morgen brau ich,
übermorgen hol ich der Königin ihr Kind!

Bei uns:

Mir nix, dir nix, rappzappzapp,
klemm mich die Olle von den Dadderich sein Krotz!

Ruhrgebietsdeutsch: Die Sprache des Märchens. – Sie ist ein politisches Kleinod: Die Klammer zwischen Westfalen und Rheinland; eine Stichwaffe gegen üble Bevormundungen aus Düsseldorf, Münster, Arnsberg und anderswo. Sie ist ein kulturelles Kleinod: Das älteste und wichtigste Zeugnis unseres regionalen Daseins; der Quell, aus dem wir Selbstvertrauen und Identität schöpfen. Etwas, auf das wir mit Recht sehr stolz sein können.

Unsere Bücher erhalten Sie in jeder Buchhandlung – nicht nur im Ruhrgebiet. Sollte einmal eines nicht vorrätig sein, kann Ihr Buchhändler es Ihnen kurzfristig beschaffen. Auf Wunsch senden wir Ihnen gerne unseren Gesamtprospekt und informieren regelmäßig über unser Angebot an Ruhrgebietsliteratur. Hier eine Auswahl:

Gert Immich, Leckere Lesehäppchen
Gereimtes und Ungereimtes aus dem Ruhrgebiet

Friedhelm Wessel, Lüdenscheid-Nord gegen Herne-West
Das Revierderby

René Schiering, Ruhrpott-Köter
Fast ein Heimatroman

Rainer Bonhorst, Dr. Antonia Cervinski-Querenburg
erzählt dat Ruhrgebiet seine Geschichte

A. Winkelmann & J. Krüger, Winkemanns Reise ins U
Der dokumentarische Roman um die geheimnisvolle Stufenpyramide mitten im Kohlenpott

Helmut Spiegel, Ich schäbiges Frikadellchen
Roman über die Kriegs- und Nachkriegszeit

Stefan Sprang, Fred Kemper und die Magie des Jazz
Roman

Werner Boschmann, Lexikon der Ruhrgebietssprache
Von Aalskuhle bis Zymzicke